サイゴン陥落の日に

中山夏樹

平凡社

目次

サイゴン陥落の日に

〈差出人〉MAKI TAKAHASHI

あまりにも唐突に、真紀の名前がメールボックスに飛び込んできた。清水哲朗は自分の目を疑った。


本当に、ほんとうにお久しぶりです。

知り合いの物理学科卒業生の方からあなたのアドレスを教えて頂き、メールを送らせて頂きます。

あなたのことですから、あの日のことを憶えていらっしゃると思います。

もうすぐ約束の日、四月三十日がやってきます。

私は、あの場所に行くつもりです。あなたはどうされるのでしょう。

四十年ぶりにお会いするのは、正直、怖いです。

でも、お会いできれば、と思っています。

お返事頂ければ幸いです。

高橋真紀

哲朗は、画面に映し出された文字を繰り返し目で追った。ディスプレイの向こう側から、二十二歳の真紀がこちらを見つめているような気がした。

十五分もそうしていただろうか、哲朗はパソコンの画面をそのままにして台所に立った。窓から庭に目を向けると、正面に満開の小彼岸《こひがん》桜が咲き誇っている。桜の花が、何かを語りかけているように思えた。桜の木は、二十年ほど前に妻が小さな苗を買ってきて植えたものだ。高遠《たかとお》の小彼岸桜だというが、信州よりはるかに暖かい東京で、根付くかどうか心配していた。植えてから二、三年して紅色の小さな花をつけるようになった。見事な花を咲かせるようになったのは、妻が旅立った翌年からだった。

先月、妻の十三回忌の法要を終えたばかりである。

哲朗は、布ドリップで丁寧にコーヒーを淹《い》れた。会社に勤務していた頃には、コーヒーメーカーを使っていたが、今は昔通りの淹れ方で、一杯ずつ、注意深くコクと香りを抽出している。子供たちもそれぞれ独立して家庭を築いた。この家では哲朗ひとりだけの時間がゆっくりと流れている。

真紀とは、妻と出会う七、八年ほど前に知り合った。哲朗は東京の大学に合格し、十八歳で上京した。大学生協の紹介で入居した下北沢のアパートに、三日遅れで入居してきたのが真紀だった。ストレートな長い髪と、よく光る大きな目が特徴の明るい娘だった。

ちょうど二年前、永年勤めてきた外資系企業で六十歳の定年を迎えた。ドイツ人の社長から「シニア・アドバイザーとして、二、三年会社に残ったらどうか」と勧められたが、哲朗は「やりたいことがある」と言ってフリーになった。役員として、外国人のトップと議論しながら進めてきた仕事は、それなりの面白さはあったが、妻が亡くなったことで、これ以上勤め続ける意味を見出せなくなっていた。今は、業界紙に時々コラムを書く傍ら、学生時代から中断していた小説や戯曲の執筆を続けている。

そんな場所に、突然、四十年前の下北沢の日々が入り込んできた。

あの時の約束を忘れているわけではなかった。しかし、四十年という歳月は、人と人との関係が生き続けるには長すぎると哲朗は思っていた。つい先刻までは。

コーヒーカップを手に書斎に戻った。暗転していると思っていたパソコンの画面には、真紀からの文字群がくっきりと映し出されたままだった。そこには強い主張があるように思えた。

突然の貴女からのメール、驚きました。

元気そうで何よりです。

メールを頂いて、あの頃の記憶が鮮明に蘇ってきました。

貴女は今どうしているのでしょうか。

彼はその後もカナダで暮らしているのでしょうか、それとも無事に祖国に戻ることができたのでしょうか。

あの日、三人で交わした約束は憶えています。

しかし、四十年という歳月は、現実と虚構の境を曖昧なものにしてしまいました。貴女からメールを貰うまで、僕はあの場所には、多分、行かないだろうと考えていました。なぜなら、混乱の中で旅発った彼が、あの日の約束を憶えているとは考えられなかったからです。もし憶えていたとしても、どこか外国にいるはずの彼が、わざわざ遠い記憶の中にある、あの日の約束を頼りに、あの場所に来るとは、とても思えなかったからです。その思いは、今も変わりません。

しかし、貴女はあの日に時を戻す決心をしたのですね。

貴女が一人、銀杏《いちょう》の木の下で待っている絵を想像してみました。

それはあまりにもさびしい風景でした。

で、僕も行くことに決めました。

正直、貴女があの日決めた約束の実行に動こうとしていることに驚いています。

そういえば、そういう人だったんだよね、あなたは。

記憶がはっきりしている部分と、曖昧な部分とがあります。

場所は大学の図書館前。

集合時刻は何時だったでしょうか。昼頃だったイメージが残っていますが、十二時だったのか、一時だったのか、定かでなくなってしまいました。

教えてください。

六十二歳の清水哲朗

十分も経たないうちに、真紀からのメールが届いた。


哲ちゃんは……私より一つ年上じゃなかったっけ……同じだったんだ。ずっと年上だと思っていました。

ラム君は生きているとしたら、六十三かな。きっと生きてる。

でも、あなたが言うように、約束の場所に彼が来る可能性はきわめて低いと、私も思っています。

でも……でも、もし、万が一、約束の時間に彼がやってきて、誰もあの場所にいなかったら……。

あまりにも、それは悲しいことだと思いました。

そんなことを想い、私は行くことに決めたのです。

待ち合わせ時刻は、十二時だったような気がします。もしかすると一時かもしれません。一時だったような気がしてきました。

私は文庫本でも読みながら、十二時十分前には図書館の前で待っているつもりです。

ラム君が来なくても、それはそれで良いと思います。

それは仕方ないこと。

その時は、久しぶりに昼間から飲みましょう。

再会を楽しみにしています。

ちょっと怖いけれど……。

真紀

ラムが哲朗たちの住むアパートに引っ越してきたのは、桜が散り始めた頃だった。

楓《かえで》荘は、一階と二階にそれぞれ四部屋ずつの、小さな学生用のアパートだった。玄関で靴を脱ぎ、薄暗い階段を上がると、二階の廊下にはいつも斜めから日があたっていたような気がする。窓から入る日の光が、廊下と壁を跨《また》ぎながら、幾つもの四角形を描き出していた。各部屋の窓は銀色のアルミサッシに取り換えられていたが、廊下は昔のまま、何枚もの板ガラスがはめこまれた、桟《さん》のあるガラス窓だった。共同の和式トイレは、水洗に改装されてはいたものの、酸っぱい汗のような人間臭い匂いがしみついていた。その、何かを発酵させたような空気は時々廊下にまで漂ってきた。

四畳半の和室には、半畳ほどの小さな台所があった。いちばん奥が哲朗の部屋、ひとつ手前が真紀、そしてその手前がラムの部屋だった。いちばん端の部屋には、彼らと付き合いのない無愛想な男が住んでいた。アパートの玄関や廊下で鉢合せしても、決して目を合わせようとしない男だった。たまに友だちが訪ねてくるようだったが、笑い声も、はっきりとした話し声も聞いたことがなかった。

ラムは、スーツケース一個といくつかの段ボールだけの簡単な引っ越しを終えると、乾麺の蕎麦を一袋持って、挨拶に来た。

「ベトナムからの留学生、ラム・ティ・フーンです。これはヒッコシソバです。どうぞよろしくお願いします」

「あ、どうも。こちらこそよろしく。清水です。日本語上手いですね」

「半年間、日本語学校に行っていました。何とか話せるようになりました。その学校でヒッコシソバの伝統についても教えてもらいました」

蕎麦を受け取った哲朗と真紀は、哲朗の部屋でラムの歓迎会を開くことにした。

真紀は慣れない手つきでてんぷらを揚げた。歯ごたえのない、柔らかな揚げ物だったが、真紀は自分の料理の腕を自慢した。根拠のない自慢話を聞きながら食べるてんぷらは最高の味だった。ビールを飲み、締めの蕎麦をすする頃には、三人の間から敬語が消えていた。

三人は同じ大学の新入生だった。哲朗は理学部の物理学科、真紀は英文科、そしてラムは機械工学を学ぶという。彼は、やがて訪れるであろうベトナム戦争終結に備えて、祖国復興のために工学を学ぶのだという。

「なぜ、言葉のわからない日本に来たの？」

真紀が尋ねた。

「もちろん、アメリカに留学する道もあったし、フランス留学も選べた。僕たちは小さい頃からフランス語を習ってきたから、言葉の問題からすると、フランスがいちばん馴染みやすいんだけどね」

第二次大戦後、急速な復興を果たした日本の姿が、間違いなく、戦争終結後のベトナムの歩むべき姿だと、ラムは力説した。だから、終戦後めざましい発展を遂げた日本に来て、この国の精神とシステムを一から学びたいのだと。


折しもラムの祖国ベトナムは、アメリカを中心とした資本主義体制と、ソヴィエトを中心とした共産主義体制との代理戦争の主戦場となっていた。アメリカの本格的な軍事介入によって、戦争はいよいよ出口の見つからない泥沼に入り込んでいた。

「サイゴンから来たんだから、ラムの祖国は南ベトナムだよな」

何気なく哲朗が発した「南ベトナム」という言葉にラムが反応し、表情を急変させたことがあった。

「僕の祖国はベトナムです。ベトナム共和国です」

あの頃のメディアは、「北ベトナム」と「南ベトナム」という報じ方をしていた。ラムの真剣な表情に、哲朗と真紀は彼が大切にしている「譲れない何か」を感じた。その時以降、彼らの間で、「南ベトナム」という言葉は御法度になった。

三人は順調な学生生活をスタートさせていた。ラムは中華食堂で夕食時に三時間のアルバイトをしながら、夜遅くまで机に向かっていた。真紀は英語劇のサークルに入った。秋に開催される、アメリカ大使館後援の大きなコンクールへの出品演目で準主役に抜擢され、セリフ回しの稽古に真剣だった。

「テネシー・ウィリアムズか。だったら、このセリフはもっと過去の幻影の中に生きてる女が発する言葉にしなきゃ」

セリフ回しのチェックを求めてきた真紀に、哲朗はダメ出しをした。サークルの演出よりわかりやすい、と言って、真紀は週三日、哲朗の部屋を訪れるようになった。セリフ回しのチェックには、時々ラムも加わった。

「いいねえ、とってもいいですよ、感情を抑えたところがいい。涙が出そうですよ、真紀さん」

ラムは褒めて伸ばすのが得意だった。

哲朗は、暇さえあれば小説や芝居の台本を書いていた。いくつかの出版社に送ったが、芳しい反応はなかった。

並木の銀杏が黄色く染まり始めた頃、英語劇のコンクールで、真紀は助演女優賞を射止めた。壇上で、アメリカ大使から小さなクリスタルを受ける真紀に、哲朗とラムは心からの拍手を送った。その夜遅く、打ち上げの酒に酔った真紀は、玄関で靴を脱ぐと、ふらつきながら哲朗の部屋にやってきた。アメリカ大使から貰ったクリスタルを見せながら「ホントニ、ホントニ、アリガト」と言うなり、その場で寝込んでしまった。しかたがないので、哲朗はそっと毛布を掛けてやった。翌朝目を覚ますと、真紀はすでに自分の部屋に帰っていた。

高橋真紀は、東京の郊外にある自宅マンションのベランダから、眼下に広がる公園を眺めていた。風が吹くたびに淡い紅色の桜の花びらが、湧き立つ雲のように舞い上がっていた。これで良かったのかどうか、判断できないまま、舞い上がる桜の花を見ていた。少し遅れてやってきた鶯の鳴く声が遠くから聞こえる。

約束の二〇一五年四月三十日を前にして、思い切って清水哲朗にメールを送った。哲朗からは、すぐに返事がきた。返事がこなければ、当日、あの場所に行くのを止めようと思っていた。そう思いながら、真紀からのメールが届けば、哲朗からは「行く」という返事がくることを知っていた。だが当日、哲朗と再会したら、告げてはいけないことを、口に出してしまいそうで怖かった。

ラムは憶えているのだろうか。憶えていたとしても、日本に来られる状況にあるのだろうか。もし、状況が許すとしても、来ようとするのだろうか。ラムが約束通りに現れる可能性は、きわめて低いものだと思った。

真紀は、ラムが満面の笑みを湛えて真紀の部屋に来た時のことを思い出した。あれは、真紀たちが楓荘に入居して、間もなく一年になろうとしている頃だった。確か、七三年の冬だ。


ラムが部屋のドアを激しくノックした。

「真紀さん、真紀さん、ベトナムの戦争が終わるんだよ」

「えっ」

「パリ和平協定が調印されたんだ」

「どういうこと?」

「停戦の合意ができたんだよ。北緯一七度線は国境じゃなくて、統一総選挙までの停戦ラインである、っていうことが合意されたんだ。すごいよ」

「ということは、ベトナムが一つの国として、総選挙をするってこと?」

「そうなんだ。僕たちが望んでいた通りに、話し合いが進んだんだよ。ベトナムが一つの統一された共和国になるんだ」

ラムの目に涙が溢れていた。

「よかったね」

真紀は思わず両腕でラムを抱きしめた。

二日後には、アメリカのニクソン大統領が「ベトナム戦争の終結」を高らかに宣言した。

三月二十九日にはアメリカ軍は全面撤退を完了した。

このニュースに全世界が歓喜した。


それからしばらくの間、下北沢の楓荘では平和な日々が続いた。真紀は英語劇を続け、何本かの演出も手掛けていた。そんな中で彼女は何回か恋をし、失恋した。その度に哲朗の部屋にやってきては泣きはらし、翌朝には元気になって帰っていった。理系の哲朗とラムは実験・実習に追われ、夜遅くまでレポート作成のために机に向かっていた。

「哲朗がいるから、真紀の恋は前に進めなくなるんだよ。真紀のことを本気で受け入れるか、はっきり拒絶するか、どっちかにしないとだめだよ。彼女が中途半端な状態で、立ち往生しちゃってるじゃないか」

ラムは時々、本気で哲朗に意見した。

「身動きが取れなくてイライラしているのは、真紀じゃなくてお前だろう」

口に出しそうになって、哲朗はあわてて飲みこんだ。

哲朗は縛られたくなかった。真紀との中途半端な関係に身を置いているのが、居心地良かった。

「そんなに真紀のことが気になるなら、ラムが何とかすればいいじゃないか。お前のこと、まんざらじゃないんじゃないか、真紀は」

ラムは顔を真っ赤にして怒った。

「そういうことを言ってるんじゃない。僕は真紀の気持ちがわかるから言ってるんだ。いい加減に逃げるのは止めたらどうなんだ」

いつもラムは正しいことを言っていたような気がする。

日曜日には三人連れだって、箱根の山に行き、湘南の海に行った。

そんな日々は、ベトナム戦争終結宣言から二年で終わりを告げた。


四年次への進級を控えた春休み、哲朗は相変わらず原稿と格闘していた。遠慮がちにドアをノックする音がした。

「開いてるよ、どうぞ」

声をかけると、そっとドアが開いた。憔悴した顔のラムが立っていた。

「どうしたんだ、入りなよ」

「サイゴンと連絡がとれないんだ」

「何があったんだ」

「停戦ラインを無視して、北の全面攻撃が始まった」

「政府軍は？」

「政府軍は負けた。敗走しているらしい」

ラムの顔は青ざめていた。

「僕の兄はダナンにいるんだ。十歳年上の兄なんだけど、ダナンで役人をしているんだ」

「ダナンって、基地の街だよな」

「そう、アメリカ軍がいた頃にはいちばん大きな基地があった。ダナンが、北に制圧されたらしいんだ。兄がどうなったか、さっぱりわからない。殺されたかもしれない」


数日経って、ベトナムを取り巻く情勢はさらに悪化した。ベトナム共和国政府は、アメリカに軍事支援を要請した。しかし、反戦の世論を背景に、アメリカ議会はこれを拒否した。アメリカ国内では、ベトナム戦争はすでに過去のものになっていたのだ。アメリカの動向を見極めた北の勢力は、一気に首都サイゴンを包囲した。外国人と軍関係者のサイゴンからの脱出が始まり、首都機能は完全に麻痺していた。


情報を得ようと、ラムは毎日ベトナム大使館に出かけた。しかし、大使館には何の情報ももたらされていなかった。ベトナム協会という団体や、在日ベトナム人のコミュニティーにも毎日出かけていった。そこにはいろいろな噂が渦巻いていたが、確かな情報は何一つなかった。

忙しく動き回るラムのために、真紀は週に一度「これを食べて頑張って」というメモと共に、夕食のおかずを彼の部屋の前に置いた。朝には食べ物がなくなっていたところを見ると、きっと夜遅く帰ってきて食べていたのだろう。真紀はラムに声がかけられなかった。声をかけても、うわべだけの励まししか言えない自分自身が、もどかしかった。

四月も半ば過ぎの深夜、真紀がパジャマに着替えていると、ラムの足音が部屋の前を通り過ぎ、哲朗の部屋のドアをノックする音が聞こえてきた。何回もノックしている。その日、哲朗は実験のため、研究室に泊まり込みだと言っていた。

「哲ちゃんは今夜研究室に泊まりだよ」

久しぶりに目にしたラムの顔は、両目が落ち窪み、青黒く見えた。以前から痩せていた体が、本当に骨と皮だけになっているように感じた。

「そうか、哲朗はいないのか……」

「何か哲ちゃんに伝えておく?」

「いや、いいんだ……」

真紀は、あまりに元気のないラムが心配になった。

「夕ご飯、食べた?」

「いや、まだ」

「入んなよ。あったかいうどんでも作るから」

ラムは、何度も湯気にむせながら、むさぼるようにうどんを食べた。炊飯器に残っていたご飯も、漬物だけで食べ尽くした。

「いつから食べてなかったの？」

「今日はコミュニティでビスケットを食べた」

なぜ、今まで気づかなかったんだろう、こんな当たり前のことに。真紀はラムの資金が底をついていることに、初めて気づいた。

「ねえ、ラム君、いつから仕送り止まってるの？」

「一月の初めに来たのが最後だった。今のサイゴンは仕送りなんかできる状態じゃないよ。銀行も動いてない」

ラムは続けていたアルバイトを三月で辞めていた。ベトナム協会や種々のコミュニティで情報を集めることとアルバイトは、時間的に両立できなかった。大学の新年度の学費はもとより、アパートの家賃も払うことができずに、支払いを待ってもらっているという。幸いにも、このアパートの大家さんは、国の政情が安定してからでいい、と言ってくれたそうだ。

「サイゴンはひどい状態になっているらしいんだ。まだ北の軍隊は市内には入ってきていないんだけれど、街の秩序はめちゃくちゃになっているらしい。特に、政府の役人や軍の関係者の家は襲われて略奪の標的になっているようなんだ。放火された家もずいぶんあるみたいだ」

「ラム君のお父さん、確か……」

「そう、政府の役人。もしかしたら、もう生きていないかもしれない」

「お母さんもお父さんと一緒でしょ」

「わからない。最近サイゴンを抜け出してきた人の話だと、家族とはぐれた大勢の子供たちが物乞いをしているんだそうだ。いったんバラバラになった家族は、会いたくても会えない状態になっていると言っていた。僕の家も、もう焼かれてしまっているかもしれない。ママが心配だ……」

ラムは嗚咽《おえつ》を必死にこらえている。真紀は膝をついて、思いきりラムを抱きしめた。胸でラムの顔を覆った。ラムは真紀の胸に顔をうずめて声を上げて泣いた。

ベトナム語でお母さんを意味する「メーッ」という、小さな声が聞こえた。

どのくらいの間だろう、部屋の時間は止まっていた。

しばらくして、ラムは毅然として顔を上げた。

「ありがとう真紀さん、ずいぶん気持ちが落ち着いた。ありがとう」

「ラム君のこと、大事だから」

今度はラムが真紀を抱きしめた。意志のある、力強い腕だった。

真紀に後悔はなかった。たった一人、東京で孤立しているラムに、真紀ができるのは、温もりを伝え合うことだけだった。

「これからどうするの。働きながらなら大学続けられるんでしょ」

「無理だ。国がなくなる」

「国がなくなる？　でも、パスポートあるでしょ」

「紙切れになっちゃうんだ、きっと。国がなくなったら、大使館も閉じられる。今のまま日本にいたら、僕たちは国籍のないインドシナ難民になるんだ。だけど日本の外務省は正式には難民として認めないと思う。そうしたら、僕らはフホウタイザイシャになる」

「そんなこと……」

「きっと、北が統一ベトナムの政府を作る。新しいパスポートを申請すれば、多分僕たちは罪人として強制送還される。国に帰ったら、投獄されると思う」

「なぜ、なんでそんなことになるの」

「国の一大危機に、税金を使って海外で遊んでいた、許し難きブルジョア。そういうレッテルを貼られると思う。彼らにしてみれば、僕たちみたいな留学生なんて、絶対許すことはできないと思うよ」

「日本で、永住権、取れないの？」

「それも検討したけど、無理だ。日本の永住権を得るためには、日本人と結婚することが必要なんだ」

「だったら、何とかなるんじゃない。何なら……」

「名目じゃだめなんだ。日本の場合、離婚したら永住権は剝奪される。つまり、僕と結婚したら、一生、僕と夫婦でいてもらわなきゃならない」

真紀は黙るしかなかった。ラムたち留学生は、カナダに望みをかけていた。カナダで永住権を持つ相手と法的に結婚することで、カナダの永住権を得ようと、受け入れ側と調整中だという。

「行ってみなければわからないけどね。でも、いちばん可能性の高そうなのがカナダなんだ」

ラムは、そう付け加えた。

真紀は、財布の中にあった一万五千円を強引にラムに握らせた。ラムは「いつか、必ず返す。本当にありがとう。本当にありがとう」と何度も頭を下げた。

翌日、戻ってきた哲朗に、真紀はラムの窮状を伝えた。二人は大学の友人たちにカンパを募ることにした。


二週間が経った。桜の季節は終わり、花水木《はなみずき》が白い花をつけ始めた。哲朗が部屋で真紀と話しているところに、ラムがやってきた。

「二人には、本当に感謝しています。このアパートで三年間暮らせて、本当に良かった。二人と友だちになれて、一緒にいろいろなことができて、本当に楽しかった。ありがとう」

「いったいどうしたの」

「明日のバンクーバー便が取れたんだ。急にキャンセルが出てね、それでチケットが回ってきたんだ。これを逃したら次はいつになるかわからない」

「そんなに急がなきゃいけないいんだ」

「今、日本からのカナダ便はベトナム人の予約でいっぱいなんだよ。みんなカナダに逃れようとしている。明日にもサイゴン市内に北の軍隊が入ることになると思う。多分、その日に僕の国は消滅する。新しい政府がパスポートの発行を始めたら、僕が持っているパスポートは無効にされる。だから、ベトナム共和国のパスポートの効力があるうちにカナダに入っておきたいんだ。明日の便が、僕にとっての最初で最後のチャンスだと思う」

切迫した状況にあるラムの話に、真剣な表情で聞き入っていた哲朗が、意識して明るい声を発した。

「ラムは運がいいねえ。明日のチケットが手に入るなんて。そう、こういうのを〝捨てる神あれば、拾う神あり〟って言うんだよ。向こうでの結婚相手、綺麗な人だといいな」

真紀が哲朗を睨みつけた。

「哲、ふざけないで」

「哲朗の言う通りだよ。運がいいと思う。結婚相手はどうかな、向こうの支援団体が決めることだし、八十歳のお婆ちゃんかもしれないなあ」

「八十の花嫁だったら、ウエディングドレスは絶対ミニスカートがいい。膝上三十センチのやつ」

八十歳のお婆ちゃん花嫁と、バージンロードを歩くラムの姿を想像して、三人で久しぶりに大笑いした。次の行動が決まって明るさを取り戻したラムの表情に、真紀はほっと胸をなでおろした。

「でも、これきりラム君に会えないなんて寂しいな。次に会う約束を決めておこうよ」

真紀の発案で、再会の約束に話題は移った。まず、日にちは、ラムが日本を旅発つ日、四月三十日と決まった。

「じゃ、十年後の四月三十日で、どう？」

真紀の提案にラムが異を唱えた。

「十年後は、まだ無理じゃないかな、どうなっているかわからないけど、多分まだ安定していないと思う」

「じゃ、二十年後は」

「二十年後は四十二歳、三十年後は五十二歳。うーん、仕事が順調なら、いちばん忙しい時だな。仕事が順調じゃなかったら、日本に来るお金ないだろうし……四十年後だったら来られると思うよ」

「六十二歳……いやだー、あたし、お婆ちゃんになってるよー」

「真紀の意地悪婆さんになってる姿、見てみたいから、俺、賛成。杖を片手に、ヨイヨイ」

「真紀さんなら、きっと、まだまだ若いですよ。美しい大人の女性になってます。僕は大人の女性になった真紀さんに会ってみたいです」

ラムのこの言葉で、再会は四十年後の明日と決まった。場所は、大学の図書館前。五十年前に建てられた石造りのギリシャ風建築の図書館は、大学のランドマークであり、今後四十年経っても変わらずに、今の場所に建っているだろう、というのが皆の一致した意見だった。

決定事項、二〇一五年四月三十日　昼　大学図書館前広場で再会する。

下北沢・楓荘での、最後の三者会談が終わった。

翌日、真紀と哲朗は羽田空港でラムを見送った。ラムは、力強くガッツポーズを見せながらゲートを通っていった。帰りがけ、ロビーのテレビに目を遣ると、サイゴンの大統領官邸に突入する北正規軍の戦車部隊が映し出されていた。戦車の周りには、歓喜の表情で赤旗を振りながら行進するおびただしい数の群衆がいた。二人は無言のまま、しばらくそこを動くことができなかった。そのあと、どうやって羽田からアパートまで帰ってきたのか、まったく憶えていない。

一九七五年四月三十日は、ラムが予測していた通り、サイゴン陥落、ベトナム共和国消滅の日となった。同日、ベトナム共和国政府に代わり、南ベトナム共和国臨時革命政府の樹立が宣言された。翌日にはサイゴン市はホーチミン市と改名され、各地で人民裁判が開始された。一年後の四月、統一総選挙が実施され、統一国家、ベトナム社会主義共和国が始動した。

二〇一五年四月三十日の朝、清水哲朗は自宅でコーヒーを淹れながら、ラムが去った後の日々の記憶を辿っていた。布ドリップの中央から外側に向かって細い渦巻を描きながら、注意深く熱湯を落としてゆく。コーヒーの粉はモクモクと泡を立てながら琥珀の液体の中に香りを閉じ込めている。

「哲ちゃんは、コーヒー淹れてる時がいちばん真剣な顔してるね」

真紀が言った。

「そんなことないさ。研究室で実験してる時にはもっと真剣な顔になってると思うよ」

「見たことあるの」

「あるわけないだろ、鏡見ながら実験してるわけじゃなし」

真紀の就職が決まった頃だったから、秋の終わりだろうか。真紀は郷里、静岡の私立高校の英語教師に内定した。第一次石油ショックの後で、就職の厳しい年だったが、哲朗も何とかドイツ系の化学会社から内定通知を貰っていた。

「私、卒業に必要な単位、全部取っちゃったから、ボストンに短期で語学留学しようと思うの」

「えっ」

「もう決めたの」

「どのくらい」

「一月から三月初めまで」

「ボストンか。どうせなら、ラムのいるカナダにすればいいじゃないか」

「だめだよ、カナダの英語には癖があるし、そもそも、ラム君がどこにいるかまったくわからないじゃない。バンクーバー便に乗ってカナダに行ったけど、バンクーバーにいるとは限らないし。とにかく、早口のアメリカ英語に慣れるには、ボストンがいちばんいいみたいだから」

急に冷たい風がドアの隙間から入ってきたような気がした。

真紀がこのアパートからいなくなることを、哲朗は考えたことがなかった。哲朗はこの頃、後輩の女子学生とつき合っていた。彼女のアパートに時々泊まっていたが、自分の部屋には絶対に連れてこなかった。真紀に気づかれてはいけないと思ったからだ。なぜそう考えたのか、あの頃はわからなかった。つき合っていた彼女には、妹と一緒に住んでいる、と言ってあった。

「じゃあ、十二月でこの部屋を引き払うのか」

「そうね、十二月二十日に引っ越しする予定……哲ちゃん、寂しいでしょ」

「バカ言うな。静かになっていいよ。ちょうど卒研発表の追い込みの時期だし、うるさいお隣さんがいなくなったら、清々するよ」

そう言いながら、哲朗は何かを伝えたいと思った。しかし伝えるべき言葉がうまく出てこなかった。

「私がいなくなったら、部屋に彼女を連れてこられるね。気を使ってたんでしょ、私に」

突然、真紀は直球を投げてきた。

「何言ってんだよ」

「三カ月くらい前かな、哲ちゃんが研究室に泊まりだ、って言ってた日に、同じ研究室の横田さんが訪ねてきたことがあったよ。おかしいな、今日は放射線検査日だから、研究室は入室禁止のはずだけどなーって言ってた。翌日、哲ちゃん帰ってきたから、試しに、昨日の実験うまくいった？　って聞いたら、昨日は最高に捗《はかど》った、って言ってたよね。何が捗ったんだろうって、笑っちゃった、私」

「あの日、あの日はな……」

「研究室のオトマリが多すぎたよ。あんな嘘つかなくてよかったのに……」

甘酸っぱく、ほろ苦い日々が鮮明に蘇ってきた。哲朗は煙草に火をつけた。三十年間やめていた煙草を、昨夜復活させてしまった。そう、あの頃は、何も気にせずに部屋で煙草をふかしていた。

あの頃、ラムから何回も意見された通り、真紀とはおかしな関係を続けていた。一つの部屋で朝まで一緒に過ごしながら、二人の間には何も起きなかった。真紀が落ち込んでいる時、抱きしめることはあっても、男女の関係にはならなかった。まるで、兄妹のような関係を四年近くも続けていた。二人は、お互いを「帰る場所」と位置付けていたのかもしれない。最後の一夜を除いては。

十二月の寒い夜だった。引っ越しの荷造りも終わり、二人で銭湯に行った。帰りに奮発して少し高いワインを買った。屋台の美味しそうな匂いに誘われて、おでんも買った。おでんを選ぶ真紀は異常にはしゃいでいた。帰り道、垣根の山茶花《さざんか》が紅色の小さな花をつけていた。

「山茶花の花言葉知ってる？」

花言葉などという単語を真紀の口から聞いたのは初めてだった。哲朗は「知るわけないだろう」と答えた。真紀はそれから黙り込み、一言も口をきかなかった。

哲朗の部屋に入り、ドアを閉めると、真紀は急に震えだした。心配して哲朗が肩に手を掛けた瞬間、真紀は目に涙を溜めながら、しがみついてきた。明らかにいつもの真紀ではなかった。

「最後なんだよ。最後になっちゃうんだよ」

この夜、二人は初めて真正面から向き合った。真紀は心も体も、すべてを解放した。すべてを受け入れた。すべてがしなやかで柔らかだった。哲朗は獣のようにすべてを食べ尽くした。自分が何者で、どこにいるのかも頭にはなかった。最後に、二人はお互いを包み込んだまま、じっと静止していた。森の静けさの中に身を委ねた。二人は、どこまでも深い森の中に入っていった。木々の間の空中に浮いているような気がした。深い海中に落ちてゆくかのようにも思えた。

遠くから、救急車のサイレンの音が聞こえてきた。

「明日は見送らないで、絶対に。お願い」

最後に真紀が発した言葉だった。

数日後、哲朗は本屋に行って山茶花の花言葉を調べた。「ひたむきな愛」だった。

ラムが去り、真紀が去り、楓荘の二階には二つの空室が残された。渡米した真紀からは哲朗のもとに一通の絵葉書も届かなかった。

春が来て、哲朗は楓荘を退去した。


「俺も……ひどいもんだったな」

冷めたコーヒーをすすりながら、還暦を過ぎた清水哲朗は一人ごちた。


同じ頃、高橋真紀は行きつけの美容室にいた。一昨日、無理を言って、朝の八時半からの予約を入れてもらっていた。

「真紀さん、今日は何か特別なことでもあるの」

オネエの美容師が尋ねた。

「そう、特別なこと」

「マー、いいわね、昔の恋人と会うんでしょ」

「そう、昔の仲間たちとね」

「なーんだ、大勢で会うんだ。つまんない」

「思いっきり若くして。二十二歳くらいに」

「がってん、承知の助」

「ねえ、太郎ちゃん、『22才の別れ』って歌知ってる?」

「知ってるわよ。ジーンとくる歌だもの。誕生日に、二十二本のろうそくを二人で一緒に消す、って歌でしょ」

「消すんじゃなくて、一緒に火をつけるの。まあいいわ、ありがと。化粧も思いきり若くしてね」

「がってん、がってん、承知の助ちゃん」

できあがった鏡の中の真紀は、さすがに二十代には見えなかったが、まだまだ枯れてはいないな、と思った。

「真紀さん、大丈夫、自信持って。三十五、六歳の処女に見えるわよ。昔、別れた彼氏によろしくね」
三十五、六歳の処女って、なんだか魔女みたいだな、と思いつつも、気分良く美容室を後にした。時計を見ると、まだ十時だ。久しぶりに下北沢に行ってみよう。
真紀は、駅に着いて面食らった。あの頃は地上にしかなかった下北沢の駅がまるで地下鉄の駅のように変わってしまったのだ。地下深くからエスカレーターで上がる駅がそこにあるとは想像していなかった。それでも改札を出ると、駅前からのびる一番街商店街の通りそのものは昔のままだ。狭い通りに小さな店がひしめき合っている。昔来たことのある店を探した。蜂屋食堂も志和もアマンもなかった。楓荘があった場所に行ってみようかと思ったが、やめた。あのアパートが残っているはずはないし、新しい建物を見るのは辛いだけだ。駅に戻ろうとした時、「小料理ふるさと」という看板を見つけた。哲朗とラムと三人で飲んだ店だ。三人で渋谷に映画を見に行った帰りに寄った店だった。あの時の映画は……二人の男と一人の女が微妙なバランスを取りながら、共同生活をしているフランス映画だった。映画の中の三人は一緒に夢を見ていた。あの映画は何というタイトルだったんだろう……思い出せない。

あの時、ラムが言った。

「映画の中の三人の関係、無理しすぎだよ。だめだよ、あんなの」

もしかしたら、今日、ラムも来るかもしれない。ふと、そんな気がした。

午前十一時、清水哲朗は母校の正門の前に着いた。正門から一五〇メートル余りの、真っ直ぐな銀杏並木が図書館の前まで続いている。芽吹いたばかりの若葉がキラキラと光って眩しい。歩道には木の葉の影がくっきりとした斑模様を描いている。あの頃にはなかった高層の建物が加わったが、キャンパスの配置は昔のままだ。図書館の脇を通り抜けると、哲朗が学生時代を過ごした理学部の研究棟があるはずだ。しかし、到着してみると、昔の薄暗い建物は跡形もなかった。代わりにガラス張りの高層建築が建っている。二十階以上あるだろうか、エントランスには〈理学部研究棟〉と表示があった。白衣を着た五、六人の若者たちが、何かを議論しながら通り過ぎていった。哲朗は研究棟を背に、ベンチに腰を下ろした。ここから見る風景は、あの頃と少しも変わっていない。

ゴールデンウィーク中のためか、学生の数は少ない。哲朗はゆっくりと時間を引き戻していった。

真紀が去り、楓荘では、主のいない部屋が哲朗の部屋の手前に二つ並んでいた。何の物音もしなかった。哲朗は、真紀がいなくなったことで、強い喪失感に襲われていた。四年近くも同じ屋根の下で暮らし、同じ部屋で食事をし、夜通し話し、朝のコーヒーを一緒に飲んでいながら、異性として本気で向き合ったのは最後の夜だけだった。壊してはいけない、何かに縛られていたのか。それは、三人の間に成立していた「仲間意識」という名の呪縛だったのかもしれない。

楓荘に入居して何カ月か経った頃、真紀とラムそして哲朗の三人で渋谷の全線座にフランス映画を見に行った。フランス語のわかるラムが選んだ映画だった。あの映画は……『冒険者たち』。男二人と女一人が共同生活をしながら夢を追いかけてゆく。二人の男はリノ・バンチュラとアラン・ドロン、女優はジョアンナ・シムカスだった。この三人の関係は、微妙な均衡の上に成り立っていた。どちらかの男がジョアンナとのバランスを壊した瞬間に、三人の関係は崩壊する。あの映画と自分たちを重ね合わせていたのかもしれない。

真紀が隣からいなくなって、あの頃つき合っていた女性とも別れた。つき合うこと自体がつまらないものになってしまった。帰る場所を失った哲朗は出かけることも億劫になっていたのだろう。

哲朗は真紀のボストンでの滞在先を聞いていなかった。真紀との接点を取り戻すために、毎日のように共同の郵便受けに真紀からの手紙を探したが、哲朗が退去する日まで、真紀からの手紙は一通も届かなかった。

会社に入社して一カ月、哲朗はフランクフルトの研究所での半年間の研修のため、渡欧した。こうして真紀との連絡の術《すべ》を失った。

十一時五十分になった。

図書館脇の小路を抜けて広場に出ると、ベンチに座って本を読んでいる女性がいた。近づいて確かめてみる。間違いない。数十年の時を経て、生きる自信を身にまとった女性がそこにいた。

「久しぶり。変わらないね」

真紀は驚いて立ち上がり、無言のまま、しばらくの間、じっと哲朗の瞳の奥を見つめていた。

「あなたこそ」

二人でベンチに腰を下ろしたが、次の言葉がなかなか見つからなかった。二人は正面を向いたまま、同じ方向に視線を向けていた。

「ラムは来るかな」

「どうだろ……来ないと思ってたけど……来るかもしれない。さっき、シモキタに寄ってきたの。そしたら、ラム君と一緒に行った『ふるさと』、まだ残ってた。その時、思ったんだ、来るかもしれないいって」

「ふるさと……ああ、あの小料理屋か」

「そう」

「映画の後だっけ、最初に行ったの」

「そう、映画のタイトルが思い出せないの」

「『冒険者たち』。いい映画だった、あの映画」

「私も好きだった。ヒロインに共感してた」

学生たちが、反対側の銀杏の木の下に机といすを運んできて、サークル活動への新入生勧誘を始めた。学生たちが集まってきては離れ、離れては集まってくる。

「あんな感じで、私、入ったんだ、英語劇のサークル」

「四十……三年前か」

「そう。すっかり歳とっちゃったわ」

「どうしてた」

「私?」

「そう」

「いろいろあった」

「結婚したの？」

「結婚はしなかった。でも、子供はいるのよ。去年、孫も生まれたし」

「シングルマザー」

「そんなところよ。でも、シングルマザーなんて言葉はまだなかったし、ふしだらな女って見られるか、棄てられた女って見られるか、どっちかだった」

「そうか、大変だったんだろうな、一人で子供育てるの。結婚前に亡くなったの、相手の人」

「ん、うん、まあ、そんなとこ……哲ちゃんは？」

「結婚した。子供が二人。男と女。二人とも結婚して、孫が三人」

「学生の頃つき合ってた人と一緒になったの」

「えっ、ああ、知ってたんだよね、あの頃の彼女。彼女とは卒業前に別れた」

「そう、そうだったんだ。あんなに足繁く〈研究室〉に通ってたのに」

「変なこと、よく憶えてるな」

「好奇心旺盛だったからね。それに、気になってたし。じゃ、今は、奥さんと二人で仲良く暮らしてるんだ」

「女房は死んだ」

「あっ、ごめんなさい」

「いや、いいんだ。もうずいぶん前の話だから」

「ご病気だったの」

「肺がん。発見された時には、もう、リンパに転移してた」

「かわいそうに……いつ頃なの」

「先月、十三回忌を済ませたところなんだ」

「そうなんだ。じゃ、それから、ずっとひとり」

「のんびりやってるよ。仕事も辞めたし、昔みたいに小説とか、芝居の台本なんかを書いてるよ」

「そう」

「真紀の相手、結婚前に亡くなったって言ってたよな。大変だったんだろうな、いろいろ。確か、静岡の高校で先生やってたんだよね」

「高校の先生は辞めたの」

真紀は、その先をどう説明するか迷った。

真紀は楓荘を引き払ってから二週間後に渡米し、ボストンで語学学校に通っていた。初めてのアメリカでの毎日は刺激的だった。一月に生理が来なかったが、環境が変わったためだと思っていた。翌月も生理は来なかった。三月に帰国後しばらくして、思いきって産婦人科を訪ねた。

「おめでとう、妊娠しています。三ヵ月ですね」

やさしそうな女医さんだった。哲朗の子がお腹の中で育っているのが嬉しかった。真紀は翌朝の新幹線で下北沢のアパートに行こうと思った。哲朗はまだ楓荘にいるはずだ。もし、引っ越していたとしても、転居先を大家さんに告げているはずだ。

その夜、夢を見た。悪夢だった。


哲朗の部屋のドアをノックした。中で、人の動く気配がした。しかし、誰も出てこない。もう一度ノックした。見知らぬ女がそっとドアを開けた。

「哲朗は今、出かけています。夕方まで帰らないと言っていました。どちら様でしょうか。物理学科の方でしょうか。同じ会社に入られる方？　それとも高校時代のお友だちでしょうか。あ、妹さんですか？　誰なんですか？　誰なんですか？　何しに来たんですか？　今頃、何しに来たんですか？　あなたは何しに戻ってきたんですか？」

真紀は、何も答えられなかった。声が出せなかった。逃げようとしても足が動かなかった。見知らぬ女は、なおも質問を繰り返していた。

跳ね起きて、夢だと気づいたが、翌朝、哲朗の部屋に行けば、同じことが起こるような気がした。あの、最後の夜から、哲朗とは三ヵ月間も音信不通にしたままに時は経過している。きっと、状況は変わっている。惨めになりたくなかった。

真紀はお腹の中の子供を一人で育てる決心をした。

真紀の就職先は、ミッション系の女子高だった。新学期、予定通り高校に出勤し、教頭に事情を説明した。教頭は「新卒、未婚の教師が、日に日にお腹が大きくなるのを子供たちに見せながら教壇に立つのは、教育上、はなはだよろしくない。本校の生徒は、良家のお嬢さんばかりです。後任が見つかり次第、辞めていただきます」と言った。まだシングルマザーが「ふしだら」としか捉えられていなかった当時としては、当然の結論だった。真紀は五月十五日で学校を去った。

同居する父母ともギクシャクとした関係になっていた。

「お前はテテナシゴを産むつもりなのか。考え直せ。もっと自分を大事にしろ」

父親に言われた。ここに自分の居場所はないと思った。

真紀は翻訳の仕事に就いている英語劇サークルの先輩に連絡を取った。彼女の紹介で翻訳の仕事ができるようになった。真紀は横浜に転居し、本格的に仕事を始めた。打ち合わせ以外は出社する必要がなく、ほとんどの仕事を自宅で行うことのできる翻訳業は、子育てと両立させるには最適だった。

「英語教師は辞めて、翻訳の仕事をしていたの。高校の先生より、翻訳の仕事の方が面白そうだったから」

答えながら「娘を育てるにはそれしかなかったのよ。あなたとの娘を、私一人で立派に育て上げたのよ。必死だったのよ」、そう叫びたい衝動が湧き上がってきた。今さら事実を伝えたところで、過去の時間を取り戻すことができないのはよくわかっていた。ただ、本当のことを知ってほしいと思った。一方で、絶対に真実を知らせてはならないという、強い自制も働いていた。娘にも小さい頃から、父親はすでに亡くなっている、と言い聞かせてきたのだから。

「翻訳家か。どんなものを訳してたの」

「最初は、企業のレターの類よ。あの頃の日本人って、英語の苦手な人が多かったから、結構いいお金になったのよ。単価は今の倍くらいかな。業界によって、それぞれ独特な業界用語とか略語があるでしょ、それをマスターすると格段に単価の高い仕事がくるのよ。私の場合、製薬業界専門の仕事をしてたの。おかげで、娘を大学院まで行かせることができたわ」

「大したもんだ。専攻は」

「あなたと同じ物理学。量子多体系システムの研究とか言ってたけど、さっぱりわからないわ」

娘の成長を見ながら生きてきた真紀にしてみれば、哲朗はいつもすぐそこにいた。ふとした娘の表情の中に真紀は哲朗の姿を見ていた。

「僕らの頃は、量子力学のはしりの頃だったけど、今はずいぶん進歩してるんだろうな。ところで、娘さん、幾つ？」

「えっ、あの娘、三十……も、もう三十過ぎよ。歳なんてどうでもいいじゃない」

真紀は娘の歳が三十八だと言ってしまいそうになるのを、必死に堪えた。娘の年齢を知れば、いくら勘の鈍い哲朗でも、父親が誰だか察しがつくだろう。このまま、娘の話を続けるのは危険だ。きっと本当のことを口にしてしまう。話題を変えなければ。時計に目を遣ると、すでに十二時十五分だ。

「ラム君、十二時には来なかったわね。一時まで待つでしょ。私、コーヒー買ってくる。哲ちゃん、ブラックでいいよね」

「ああ、頼むよ」

「ラム君が来るように祈っていてね」

真紀は、「話してしまいたい」という欲求の流れが、自身で築いた堤防を決壊させてしまう前にその場を外した。

「あなたの娘よ、あなたの娘。よく似てるわよ……何やってるんだろ、私」

真紀は、小さな声で、ひとり呟きながら学内のカフェに向かった。


ひとりベンチに残された哲朗は、出張で初めてベトナムを訪問した日を思い出していた。もう二十年ほど前になるだろうか。サイゴンがホーチミンと名前を変えてから、二十年ほど経った頃だ。ベトナムは社会主義国家としては異例のスピードで、海外からの企業誘致を進めていた。

ホーチミンの国際空港に到着した時、あまりの人の多さに圧倒された。入国審査を済ませ、スーツケースを引っぱりながら到着ロビーに出ると、そこは正にざわめきと雑踏の空間だった。当時の中国でも、ほかのアジア諸国でも、これほど多くの人々の塊《かたまり》と空港で出くわすことはなかった。聞けば、出迎えの人はごく僅かで、到着ロビーに来ている人のほとんどは見物の人たちだという。家族連れで空港に来て、一日遊んでいくのだという。出迎えに来てくれた、同じ会社のベトナム法人に在籍するグエンは続けた。

「経済は、急速に発展していますが、とにかく民衆の娯楽がまだないのです。映画も統制されたものばかりのせいか、あまり面白くない。飛行機の離着陸が見られて、広いフードコートを持つ空港は、民衆の娯楽施設としては最高の場所なのです」

哲朗はサイゴン解放後に行われた人民裁判のその後について質問してみた。

「嫌な思い出ですね」

哲朗と同世代のグエンは続けた。

「軍や政府の役人に対しては、人民裁判の後、即、処刑もありました。私は当時学生でした。父は民間人でしたから、再教育キャンプへの収容は免れましたが、家、財産は没収されました。同じ学生でも、家族が軍や政府の関係者だった人たちは、再教育キャンプに送られるケースが多かったですね。短い人で数週間。長い人で十年くらいでしょうか。今でもまだ数千人の人たちが収容されていると思いますよ」

父親が役人で、当時、ヨーロッパや日本に留学していた留学生の場合はどうか、聞いてみた。

「あの頃帰国していれば、間違いなくキャンプに収容されていたでしょう。典型的な自由主義者のブルジョアジーですからね。期間？　それはケース・バイ・ケースです。ただ、あまり短くはないと思いますよ」

二十年前にラムが予測していたことが、現実に起きていたのだ。おそらく、あの時、カナダ行きを選択していなければ、ラムには牢獄での日々が待っていたのだろう。カナダを選択して旅発った彼の判断は正しかった。

ラムが祖国への帰国を急いだとしたらどうだろうか。カナダからベトナムへの帰国のタイミングを見誤ったならば、悲劇的な結果を招いているだろう。

サイゴン陥落から二十年を経たホーチミンのホテルで、あの日、哲朗はそんなことを考えていた。

あれからさらに二十年が過ぎ、今日、四月三十日を迎えている。

ラムはあの日の約束を憶えているのだろうか。そして、あの日に時間を戻す意思をもっているのだろうか。

「私がボストンに旅発った後、哲ちゃん、あのアパートでどうしてたの?」

紙コップのコーヒーを両手に持って、真紀が戻ってきた。

「いちばん手前の部屋にいた男のことを憶えているかい?」

「無愛想で、廊下で会っても目を合わせなかった人でしょ」

「あいつ、あの部屋で時限爆弾を組み立てていたんだ」

「えっ」

「警察の家宅捜索があったんだ。部屋に作りかけの時限爆弾があったそうだ」

「怖い……捕まったの」

「逃げた。指名手配の写真が公開されてた。過激派に属していたらしい。警察からいろいろ聞かれたけれど、あの男の生活はまったく知らなかったものな」

「私たち三人が集まってワイワイやってる頃、あの男の人はカーテン締め切った部屋で一人、時限爆弾組み立てていたんだ。二階にたった四つだけの部屋だったのに、まったく違う時間が流れていたのね」

「もしかすると、あの男の時計は今も止まったままなのかもしれない」

「四十年も」

「そんなわけで、あのアパートの二階は僕一人だけになった。そういえば、真紀からは音信不通だったよな」

「あら、連絡待っていてくれたの」

「滞在先の住所、知らなかったから、待つしかなかった。家宅捜索のことを教えてやろうかと思ったんだ」

「本当は寂しかったんでしょ。私がいなくなって」

「そんなことないさ。だけど、なんだかわからないけど、落ち着かなかった」

「私はね、哲ちゃんを卒業しようと決めたの、あの時。だから意識して一通の葉書も出さなかった」


一組の老夫婦がゆっくりと歩いてきた。二人ともきちんとしたジャケットを着ている。二人は座る場所がすでに決まっているかのように、向かい側の一つのベンチまで歩き、腰をかけた。この大学の卒業生だろうか。二人とも八十歳を超えているように見える。日向ぼっこしながら、ぽつり、ぽつりと話し始めた。きっと、共通の思い出話だろう。お互いに頷き合っている。二人の柔和な表情を見て、哲朗は、そのベンチの周りだけ、時間がゆったりと流れているように感じた。周りの学生たちから見ると、自分たちの座っているこのベンチの周りにも、同じようにゆったりとした時間が流れているのだろうか。

「三月末で、あのアパートを出たの？」

「出たよ。四月、入社してしばらくは寮生活をさせられたけど、すぐにフランクフルトに行ったんだ。六カ月フランクフルトの研究所で研修をやってね、それから帰国したんだ」

哲朗は、話そうかどうか迷っていたことを口に出してみることにした。

「実はね、日本に帰ってきて、すぐに真紀の就職先の高校に電話したんだ。そうしたら、そういう教師は当校にはおりません、とはねつけられてね、取り付く島もなかった。それで、君の実家を突き止めて電話したんだ。でも、君の居所は教えてもらえなかった。あの頃、何かトラブルがあったのか」

「両親とは最悪だった頃よ。いろいろあって」

「いろいろって、言えないことなんだ」

「ちょっとね。でも、あの頃、哲ちゃんが私を探してくれていたとは思わなかった。まさか、探していたなんて」

哲朗は、もしかしたら真紀との最後の夜に、一つの命が宿ったのかもしれないと直感していた。何より、娘のことを語る時、真紀の目は焦点が定まらない。

「きっと、真紀の結婚が決まって、それでご両親は僕に君の居所を教えてくれないんだと思った」

「そんなことって」

真紀は言葉が見つからなくなった。溢れてくる涙を見られないように、哲朗に背を向けた。

哲朗は、少し冷めたコーヒーを口に含みながら、満開だった庭の桜を思い出していた。真紀からメールが届いた日、満開の桜の花に込めて妻は何かを言おうとしていた。

「まだまだ先は長いわよ。これから先、十年、二十年、ひとりで暮らすつもりなの。いいわよ、私は」

そう言っていたように思えた。妻が亡くなる数日前に、力のない声で哲朗に語っていた言葉だ。その時は「馬鹿なこと言うんじゃない」と答えた。もちろん本心だった。

妻は、十数年の歳月を見越していたのかもしれない。

「真紀、ゆっくり話そうか」

「えっ、何を」

「シモキタのアパートを出てから、今日までのこと。ワインでも飲みながら」

「一晩じゃ話しきれないわよ。四十年も経っているんだから」

「十年かかったっていいじゃないか」

真紀は真っ直ぐに哲朗の目を見つめた。その目が光っている。

「十年かかったっていいよね」

「二十年かかったっていい」

「……馬鹿っ」

子供の声が近づいてくる。何語だろう、英語だ。

女の子が二人、早口の英語をまくし立て、はしゃぎながら走ってきた。二人は哲朗と真紀が座るベンチの前でピタリと立ち止まった。

二人は少しはにかみながら、しかし、意を決したように、ゆっくりとした英語で尋ねてきた。

「イクスキューズ・ミー。アーユー・マキ・アンド・テツロウ?」

「イエス」

「リアリー!」

女の子たちは歓喜の声を上げながら、歩いてきた方向に走り出した。

「グランパー、グランパー、いたよ、本当に待っているよ。グランパの言ってた通りだ」

哲朗と真紀は思わず立ち上がった。子供たちが走り去った方向に目を凝らす。

近づいてくる。乾いた空気の中に、天上からの真っ直ぐな光に照らされながら近づいてくる。

若草色のワンピース姿の女性と、明るいブルーのスーツを着こなした男。

二人とも東洋人のようだ。年齢は哲朗や真紀と同じくらい。腕を組みながら、頷き合っている。

ゆっくりと近づいてくる。

なおも近づいてくる。

哲朗は傍らの真紀に目を向けた。

真紀は歩いてくる二人に視線を集中している。力なく開けた口は微動だにしない。頬を幾筋もの涙が伝っている。

向こうから歩いてくる男は、四十年前の今日、サイゴン陥落の日、羽田空港の出発ゲートに入る時と同じように、右腕を高く掲げ、ガッツポーズを見せた。

西北の地から

今日も源爺と花子婆の、楽しい出張ごっこが始まった。

何日も老夫婦の〝ごっこ〟につき合っているうちに、僕は記憶の衰退には二通りの型があるのだと思うようになった。一つは記憶全体が曖昧になって、ぼんやりと薄れていくタイプ。もう一つは鮮明な記憶が現れては隠れ、隠れては現れながら衰えていくタイプ。

思いがけず、この二つのタイプの衰退過程に立ち会うことになってしまった僕としては、最初のうちはかなり暗い気持ちになったのだけれど、慣れてくると、上方漫才のボケとツッコミを見ているみたいで、だんだんと楽しむことができるようになってきた。

源爺の場合は鮮明に現れては消えてゆくタイプだろう。

「花子、まだそんなところにウロウロしてたのか、鹿児島県庁と東京都庁に行って、イモの作付状況を聞いてくるように言っただろう」

「行ってきましたよ」

「どうだった」

「そりゃあお爺ちゃん、遠かったですよ」

「そうじゃない。イモのことだ」

「たくさんでした」

「そうか、たくさんか。よかった。ほかにも何かあったか」

「リンゴが実ってましたよ」

「鹿児島でか」

「えーと、そうじゃなくて青森でした」

「お前はどうしてリンゴとかミカンとかそういう……花形の果物にばっかり興味を持ってるんだ。米だ、米だ。秋田に行って様子を見てこい」

「はいはい、行ってきまあす」

「返事は一回でいい」

「はいはい」

「俺がこんな状態で動けないから、代わりにお前を派遣してるんだぞ。向こうの県庁の人に失礼がないように、ちゃんとやるんだぞ」

「はいはい」

花子婆が姿を見せると、源爺は急にイライラして代理出張を命じるようになった。老人二人の出張ごっこが始まって、今日で三日目になる。

病院から自宅に戻ってきた源爺は、ある朝目を覚ますと県の役所に勤めていた頃に本人の時計を戻したようだ。花子婆が姿を見せなければ、ベッドの上から庭に来る小鳥の様子なんかをゆったり眺めているのだけれど、婆ちゃんの姿を見つけた途端に、昔やり残した仕事が気になって仕方がなくなるようだ。何十年か前、きっと何かの病気か怪我で、大事な出張に行かれなかったことがあって、そのことがずっと気になっていたのだろうと、僕は勝手に想像を巡らしたりしている。

花子婆の出張先は、時にはカナダとかエジプトとか、どこかの遠い外国になることがある。ブラジルに派遣された婆ちゃんが、たったの十五分で帰ってきて「レンコンとトマトの様子は大丈夫でしたよ」と報告しても、源爺は何の不思議も感じていないようで、しかも大真面目に納得しているところが何とも面白い。要は、世界中の食糧供給がすべて順調に運んでいる、ということを婆ちゃんから確認できればそれで満足なのだろう。

最初のうちは戸惑っていた花子婆も、一日に五回も六回も出張を命じられているうちに遊びのコツを摑んできたみたいで、報告の仕方も堂に入ったものになってきた。ただ、三十分以上出張していると「花子はどこに行った。婆さんはどうした」と源爺が騒ぎ立てるし、五分で帰ってきてしまうと「まだ行ってないのか」と怒られるので、婆ちゃんもそろそろ疲れてきているみたいだ。

あと何日生きられるかわからない爺ちゃんの面倒を、認知症の入ってきた婆ちゃんと一緒にみる破目になってしまった僕は、暗くて重たい日々が続くことを覚悟していたのだけれど、老人二人の出張ごっこは、そんな僕の気持ちを大いに明るくしてくれるものだった。

こんな日々が何日か続いた後、二十歳そこそこの若き源爺と対峙することになるとは、この時点では夢にも思わなかった。

僕が会社を辞めたのは、仕事が厭だったとか、人間関係に疲れたとか、給料に不満があったとか、そういうことじゃない。ただ単に、決めたことを、決めた通りに実行しようと思っただけだ。五年前、大学を卒業して会社に入る前提として、世界一周の旅費が貯まるまで勤め続けることを決めた。逆に言えば、費用が貯まった時点で会社を辞めるために入社したということだ。しばらく海外で生活する費用がいったい幾ら掛かるのか、当時は見当もつかなかったが、一応五百万円を五年間で貯めることにした。

僕が旅に出ることを決めたのは、多分、親父や源爺を見ていたからだ。親父は若い頃、音楽の道に進みたかったらしい。しかし、その頃からつき合っていた母親との間に子供ができて、つまり、それが姉の沙織だと思うんだけれど、そんなわけで結婚することになって、安定したサラリーマンになったんだと、僕は思っている。源爺も公務員をしながら、判で押したような生活をしていたらしい。僕は二人のように、安定した毎日が繰り返されるような、そんな人生に魅力を感じなかった。それで、何かをしてみようと思い立ったんだ。

お金が貯まったら、即、会社を辞めて貧乏旅行に出よう。二十代のうちに世界中のいろんな生活を見ることで、そこから先の何十年かの生き方を決める何かが見つかるような気がしていた。

いや、そうじゃないかもしれない。何かが見つかるなんて、そんなものじゃないって、初めからわかっていたような気もする。ただ、それまでの二十数年間、自分の歩く方向について、自分で何も決めたことがないから、それまでの時間の流れを一回くらい止めてみようと思っただけかもしれない。

小学校を出たら中学へ、中学を出たら高校へ、高校を出たら大学へ、大学を出たら会社へ。僕は小学生のころから、そこそこに出来のいい生徒だったから、この流れの中に自分を置いていれば親も安心していたし、何より僕自身が安全だった。

僕の家は埼玉にある。高校受験の時に、県立の進学校と、一応名の知れたK大付属高校に合格した。父親の和男は「男なら絶対県立校からT大法学部を目指せ」とエールを送ってきた。母親の良子は「大学受験で苦労することないわよ。エスカレーターで大学に行って、経済学部に入れてもらうのがいちばんよ。あそこの経済学部は世間的にも認められているし」と反論した。

困った僕は担任に相談した。田中先生は「清次郎、それはお前が決めることだ」と、前置きした後、「お父さんの言われるように、県立からT大にチャレンジするのは素晴らしいことだと先生は思う。ただなあ、お母さんの言うことにも一理あるぞ。県立高校に入ったからといって、必ずしもK大に入れるわけじゃない。ましてやT大に入るためには、死にもの狂いで勉強しないと無理だぞ」と、父親、母親、どちらの顔も立てた上で、死にもの狂いという、僕の大嫌いな言葉を使った。その上で「でも、どちらにするかは、お前自身が決めることだ」と念押しした。

僕の頭に残ったのは「死にもの狂いで勉強する」という暗い言葉だけだった。この絶望的な言葉に得体のしれない恐怖を感じていた僕は、母親の言うように、K大の付属高校からエスカレーターで大学の経済学部に行くことを選択した。英語教師の田中先生は「エクセレント・チョイス」と言って、僕の両肩を叩いた。その時、僕は思った。この結論は本当は田中先生が決めたことで、一応、僕が決めたことになっているだけなんだと。

家に帰り、K大付属に決めたと伝えると、両親は「そうか、そうか、それはいい選択だ」と、なぜか最初から意見が一致していたような言い方をした。僕としては、親父は絶対に反対するだろうと思っていたのだが、まったくそんな素振りを見せなかった。大人の言う「絶対」という言葉は必ずしも絶対ではないんだと、この時初めて知ったような気がする。

二十七歳になる今日まで、僕の人生の中で自分で決めたということになっているのは、この高校選択くらいのものだ。

そういう意味では、就職の時に決めた五百万円退職は、僕にとって、人生で初めて経験する、わくわくするような決定事項だった。数年後に退職するというゴールを決めて就職試験を受けるのは、なんだか人を騙しているようで申しわけない気はしたけれど、少し大人になっていた僕はそんなことをおくびにも出さず就職試験に臨んだ。

僕は大手損保に就職を決め、札幌支店に配属された。

お金というものは、目的をもって貯めようと思えば、結構貯まるものだ。僕は、食費や洋服代を徹底して削った。会社でのつき合いは、そうそう削るわけにはいかなかったが、同期生がローンで車を買うのを横目で見ながら、そんなものには見向きもしなかった。最初の年はさすがに少しか貯まらなかったが、翌年から年間百万円を超える貯金ができた。会社では、平均以上の業務査定が得られたので、五年目に貯蓄額は目標金額に達していた。

僕は会社に常備されていた『恥ずかしくない文書作成の常識』という本から「正しい退職願の書き方」という部分をこっそりコピーして持ち帰った。コピーしている時、誰かに見られてるんじゃないかと周りを気にしたが、コピーをとっている五年目の社員に注目する人など誰もいなかった。ただ一人、隣の課の北川明日香が目配せをしてきた。明日香にだけは、僕が何をコピーしようとしているのかを話していた。僕はいつものように、素知らぬ顔をしながら人差し指をチョンチョンと動かして彼女に合図を送った。

窓の外は真っ白な世界。風が吹く度に、パウダー状の雪が、下から空に向かって吹き上がってきていた。

翌朝、直属の課長に退職願を提出した。

「ちょっと待て、落ち着いて考え直してみろ」くらいのことを言われるかな、と思っていたんだけれど、課長はあまりにも冷静だった。

「そうか、で、どこに行くんだ。外資か？」

「いえ、同業他社に転職するわけではありません」

「まあいい。今は言えんだろう。入社後に社名だけでも教えてくれ」

僕は本当のことを言っていたのだけれど、誤解されたまま、退職願は簡単に受理されてしまった。別に慰留されることを望んでいたわけではないが、引き留められた場合のセリフも練り上げていた僕としては、あまりにスムーズに退職願が受理されてしまったことに、なにがしかの寂しさを感じないわけではなかった。

これが十五歳から先々月までの僕の十二年間だ。


後任者への引き継ぎと残務処理を二週間で済ませ、札幌から埼玉の実家に荷物を送った。家に帰ると、母親は東京に転勤になったのだと勘違いしたのか、鯛の姿造りを用意して大喜びしていた。

「栄転、おめでとう」

「いや、そうじゃなくて」

「何」

「つまり、そのう、会社辞めたんだよ」

「えっ、何で?」

いきなり世界一周、放浪の旅に出るなどと言えば、面倒臭いことになることはわかりきったことだ。

「ま、フツーにいろいろあってね」

親父が帰ってきた。

「そうか、会社ってところは、いろいろあるからな」

何も知らないのに、すべてわかっているような言い方をするのは親父の悪い癖だ。でも、この癖は今回に関してはとりあえず都合がいい。

「で、次の会社はもう決まっているのか」

「いや、まだ。ちょっと考えたいことがあって」

両親の目が同時に光ったような気がした。二人は顔を見合わせた後、親とは思えないほど、媚びるような笑顔を作って語りかけてきた。

「ということは、当分、暇だってことだな」

「ま、そういうことになるかな」

「清次郎、お前も知っての通り、信州の源爺がな」

柔らかいトーンでゆっくりと話しかけてくる時は、決まって何かの思惑がある。注意しなければならない。

「どうしても自分の家へ帰りたいって言って聞かないんだ」

「最期は自分の暮らしていた家で過ごしたいってことか」

「そう。だけど婆さん一人だけじゃ、とても面倒をみられるはずがないんだ」

源爺というのは、父方の爺さんで山本源次郎という。僕は子供のころから源爺と呼んでいた。源爺は五人いる孫の中で、なぜだかわからないけれど、特に僕のことをかわいがってくれた。生まれた時、「おお、こいつは俺にそっくりだ」といって、源次郎の次郎をどうしても僕の名前に使え、と言って曲げなかったという。おかげで僕は清次郎という、前近代的な名前を頂くことになったわけだ。

源爺の肺にがんが見つかったのは三カ月ほど前だ。変な咳が止まらないといって、婆ちゃんから親父のところに電話があった。親父は仕事を休んで嫌がる源爺を近所の総合病院へ連れていった。何カ月も前から変な咳は出ていたらしいのだけれど、婆ちゃんがいくら勧めても「いやだ、病院になど行けば、健康な人間もみんな病人にされちまう」の一点張りで、受診を拒否していたという話だ。親父に引っ張られて受診した時、すでに複数の臓器にがん細胞が転移していたらしい。担当医から手術の適応ではないと告げられた、という経緯を札幌で母親からの電話で知った。

源爺は大正十三年の生まれだから、今年九十二歳になる。十四年生まれの花子婆ちゃんも、もう九十を超えているから、一人で末期がんの病人の面倒をみるのは、そりゃあ無理だ。嫌な予感がした。

「まさか、僕に面倒みろなんて言わないよな」

「えらい。さすが清次郎、察しがいい」

「えっ」

「お前しかいない」

「そんな、ばかな」

「俺には仕事がある。土日だけなら行けるんだが」

母親も妙にやさしい眼差しをつくって話に加わってきた。

「本当はね、私が行ってあげられればいいんだけどね。あんたも知ってるように月・水・金とフラワー・アレンジメントの教室やってるでしょ、別の先生に毎回代わってもらうってわけにはいかないのよ」

母親もすでに方向性を決めているようだ。

「そんなこと、急に言われたって」

「あんた仕事辞めたんでしょ。お父さんもお母さんも仕事があるの。それに沙織は赤ちゃんができたばっかりだし」

「先のことをじっくり考える、いい機会じゃないか」

「じっくり考えごとをするには信州はいいわよ」

「そうだ。焦ることはない。人生長いんだから」

「そう、焦っちゃダメ。何カ月か、ゆっくりしてらっしゃい」

畳み掛けるような両親の攻勢に、僕なりの反論を試みたが、すでに無職となったことを口に出してしまった僕の言葉には、彼らに対抗できるだけの説得力はなかった。それに、僕をかわいがってくれた源爺が死にそうな時に、それを無視して長旅に出られるほど、僕はドライではなかった。

結局、源爺退院予定日の前日に、両親と共に僕も病院に行くことになった。

春分を過ぎた木曜日の午後、諏訪湖畔にある総合病院のカンファレンスルームには、驚くほど大勢の人が集まっていた。主治医の先生と病棟の看護師さん、訪問看護師さんとヘルパーさん、ケアマネジャーさんと社会福祉士の人など、総勢十人を超えるスタッフが出席して、源爺が自宅に戻るためのカンファレンスがスタートした。

冒頭に主治医の小林先生が、源爺の状態とこれから関係者が共有すべき事項について話し始めた。脳を含む複数の臓器への転移がすでに認められていること。最近の一週間で、食が細くなってきていること。嚥下《えんげ》機能も低下してきているので、食事の際には細心の注意を要すること。特に液体の摂取は嚥下性肺炎の危険を伴うので、必ずトロミと共に摂取させること。昼間、体調のいい時には自力で伝い歩きをすることができるし、日によっては、ある程度記憶も鮮明であり、通常の会話が成立する時があること。しかし、夜になると急変し、目の前にいる人間に気づくことなく、遠くにある何かをじっと見つめている時間が長くなってきたことなどが説明されて、出席者全員でこれらが共有された。

先生は慎重に言葉を選びながら、しかしはっきりと言い切った。

「私の経験からしますと、長くて三、四週間だと考えます。ご家族の方とお話しさせていただいた結果、再入院させての積極的な延命措置はしない、という方向で進めたいと思います。もちろん、痛みを和らげる処置は積極的に行います。看護、介護の目標は源次郎さんの命を何日か引き延ばすことではありません。静かな気持ちで九十余年の人生を全うできる時間をしっかりと確保することが私たちの共通目標です」

続いて、介護ベッドなどの搬入から、往診のスケジュール、訪問看護師、ヘルパーの訪問サイクル、特殊浴槽を用いての入浴予定の確認、緊急時連絡方法などが確認されてカンファレンスは終了した。

噂には聞いていたが信州の地域ネットワークの完成度の高さと、出席した全員の理解の早さに僕はただただ感心させられた。

終了後、病棟看護師の石川さんが声をかけてきた。

「源次郎さんって、本当に優しい人ですね。私たち看護師にも、いつも気を使って下さってたんですよ」

意外だった。僕のイメージの中の源爺は、誠実な人ではあるけれど、頑固で、決して人に気を使うような人ではないと思っていた。

「病気で弱ってくると、我儘になるのが普通なんですよ。特にお年寄りの場合。でも源次郎さんは決してそんなことはなかったんです。きっと、若い頃、相当ご苦労なさったんでしょうね」

僕は、先刻先生が話していた源爺の夜の状態について聞いてみた。

「何て言ったらいいんでしょう。目を大きく見開いて、なんだか得体のしれないものと正面から向き合っているみたいでした」

石川さんの話によると、じっと押し黙ったまま、宙の一点と五分も十分もにらめっこしていたらしい。そういう時には話しかけても目の前に誰かがいること自体、気づいていなかったようだと彼女は話してくれた。

「でも、いったん私がいることに気づくと、普段の源次郎さんの優しい目に戻って笑いかけてくれたんですよ。お家に戻れば安心して、夜も穏やかになるんじゃないかしら」

病室に行くと、源爺は退院できるのがよほど嬉しいらしく、身の回り品の荷造りを早々と始めていた。

退院当日は朝から快晴だった。午前中の診察を終え、源爺は晴れて退院となった。湖畔の道路に出ると、強さを増してきた春の日差しに照らされ、湖面がキラキラと光っていた。

「和男、俺はもう入院しなくていいんだろう?」

後ろの席に座っている源爺の問いに、運転している親父は「ま、多分ね」と曖昧に答えた。

死に場所として自宅を選んだのだから、もう入院させてくれるな、という意味で、源爺は質問を発したのか、それとも病気が治ってこのまま自宅で生活を続けられると思い込んでいるのか、僕にはよくわからなかった。運転席の親父の顔を窺うと、唇を斜めに結んで渋い顔をしていた。

家の前まで来ると婆ちゃんが玄関先で待っていた。

「よかったね、お爺ちゃん、退院できて。よかった、よかったねえ」

花子婆には、今朝も親父が状況を詳しく説明していたが、五分もすると忘れてしまうらしく、退院という明るいイメージしか頭には残っていないようだ。

昨夜運び込まれた電動ベッドは、庭が見渡せる南側の部屋に設置され、源爺の最後の療養生活がスタートした。ベッドを起こすと、正面に桜の木が見える。まだ固いつぼみだが、昨日より確実に紅色を増している。満開になるまでにまだ二、三週間はかかるだろう。せめて、満開の桜を味わってもらうまでは死なせるわけにはいかない。僕は高校の古文で習った西行、晩年の和歌を思い出していた。

「願はくは花の下にて春死なむ　その如月《きさらぎ》の望月《もちづき》の頃」

日曜の夜、親父が、月曜の昼、母親が埼玉に帰った。いよいよ老夫婦と僕だけの生活が始まった。

ヘルパーさんが一日三回、看護師さんが朝夕の二回、それぞれ違う時間に訪問して、身の回りの世話をしてくれるので、僕の仕事は想定していたよりも少なくて済んだ。家に帰って落ち着いたのか、源爺はよく眠ってくれた。

火曜日の朝、源爺は花子婆の顔を見るなり怒鳴りつけた。

「花子、お前は俺の代理で県庁に行ってるはずじゃないか。こんなところで何やってるんだ」

イチゴの盛られた皿を手に、面食らう婆ちゃんに向かって、源爺はなおもまくし立てる。

「イチゴやリンゴみたいな花形のものばっかり見てちゃだめだと言っただろう。豚が大事なんだ、豚が。デンマークに行って豚の飼育場を見てこいと言ってるだろう」

この日から源爺の時計は県庁の職員時代に戻っていた。そして花子婆を源爺の代理として派遣する出張命令を一日に何回も出すようになった。最初面食らっていた花子婆も徐々に要領を摑んで出張ごっこを楽しむようになったが、三日もすると疲れてしまったようだ。

「清ちゃん、婆ちゃんは今日は隣の菊池さんちに行ってるから、爺ちゃんに聞かれたら、アフリカに出張に行ってると言っといておくれ。アフリカは遠いから当分帰ってこられないってさ。何回も出張に行かされてくたびれちゃうよ、まったく」

婆ちゃんが出ていって一時間ほどが経った。

「花子はどこに行った」

「ああ、婆ちゃんはアフリカに出張してるよ」

「アフリカ？　ライオンの様子でも見に行ったのか。また何かの疫病が流行ってるのかもしれんな」

「そうかもね」

「当分帰ってこんな」

源爺は体をひねってベッド脇に置いていた鞄を手に取った。入院中も常に手元に置いていた色あせた牛革の鞄だ。それを抱きながら何かを思い出そうとしているようだった。しばらくして、何かが吹っ切れたのか、はっきりとした口調で言った。

「清次郎、庭で火を焚いてくれんか」

「焚火？　何するの」

「燃やしたいものがある」

出張ごっこをしている時とまったく違う源爺が出現していた。落ち着いた眼をして鞄の中から眼鏡を取り出すと、中にあった紙の束を確認し始めた。急に若返ったような気がする。二時間前まで花子婆とやっていた出張ごっこは源爺の狂言だったのではないかとさえ思わせる、しっかりと安定した表情で、一枚一枚、紙に書かれている内容を点検している。僕はバーベキューで使うコンロと新聞紙を用意して焚火ができる準備をした。

「清次郎、これを全部燃やしてくれ」

源爺は古い紙類を僕に手渡した。

「何なんだ、これ」

「もう、要らないものだ。中身は見なくていい。今日のことは婆さんにも、誰にも言わなくていい」

源爺が何だか厳粛な儀式の世界に入っているような気がした。一生に一度だけの儀式を壊してはいけないと思った僕は、言われるがままに渡された紙を焼き始めた。手紙を焼く時に、差出人の名前だけ確認した。皆、知らない名前だった。

源爺に目を遣ると、大学ノートのページをペラペラとめくっている。

「何、それ」

「昔、書いたもんだ。若い頃の話だ」

「それも焼くの？」

しばらく待っても、源爺は何も答えなかった。

僕は手渡された紙類を、すべてが灰になるまでしっかりと焼き尽くしてから部屋に戻った。源爺はすでに眠っていた。ベッドの下に古い大学ノートが自己主張するように横たわっていた。汚れた大学ノートを開くと、古本屋のような、独特の匂いが漂ってきた。びっしりと万年筆で縦書きに記された文字は、間違いなく源爺の特徴ある筆跡だった。最後のページを開いた。そこには「昭和二十五年　秋　山本源次郎　記」と書かれていた。源爺らしい律儀な文字だった。

昭和二十五年の秋といえば、源爺が花子婆と結婚する数カ月前だ。

源爺は、これを焼く決心がつかずに、僕に託したのだと解釈することにした。きっと婆ちゃんには見せたくないのだろう。僕は隣の部屋にある自分の荷物の中にノートを紛れ込ませた。夜になって、皆が寝静まってから、じっくりと読むことにしよう。

源爺の革の鞄をベッド脇の元の位置に戻していると、いつものヘルパーさんがやってきた。

「今日は源次郎さんよく眠ってますねえ」と言いながら、眠ったままの源爺のおむつを取り替えてくれた。何度見てもあざやかな手さばきだ。そのうち花子婆も帰ってきて、いつもの日々に戻った。

後から気づいたことだが、この紙類の焼却を境に、源爺が花子婆に出張命令を出すことは二度となかった。

その夜、皆が寝静まってから、あの古いノートのページを開いた。そこには二十歳になったばかりの山本源次郎の日々が綴られていた。

〈陸軍獣医学校〉

陸軍獣医学校は明治時代に創立された。獣医士官の養成と、関係技術研究の拠点として活動する機関である。当時はすでに現場の経験を積んだ少佐、大尉級の高級将校の研究と再教育を図る甲種学生、全国の大学、専門学校の獣医科出身の委託生から上がってきた、我々のような士官を対象とした乙種学生、それに幹部候補生を対象とした教育が、それぞれ分離独立してなされていた。

二十歳になった年、昭和十九年十二月十五日、我々は全国に散らばるそれぞれの部隊での見習士官教育を修了して、東京・世田谷の陸軍獣医学校に集合した。ここで委託生時代の仲間百名全員が再会した。

全員が士官となっていたので、営外居住して各下宿先から学校に通うことになったのである。当時の戦局はすでに苦境に立たされており、空襲もその激しさを増していた。食糧の配給は日に日に先細りとなってきたため、賄い付きの下宿は皆無であった。

そんな中で、専門学校獣医科時代からの友人、埼玉出身の奥平少尉の伝手で目黒の野村家を紹介してもらった。海軍将校だった野村彦太郎氏は、先の南方海戦で名誉の戦死を遂げられており、野村家は淑江夫人と女学校を卒業したばかりの、晴子という娘との二人暮らしだという。息子さんは出征以来、その消息はわからないとのことだった。

奥平少尉の紹介状を持って野村家を訪ねた時、淑江夫人は、私の顔を一目見るなり、用心棒としてちょうどよいと言って、快く下宿人の入居を認めてくれた。

野村家では私が家族の一員であるかのように接してくれた。戦地に赴いている息子さんと私が同じ歳であったことから、淑江夫人は母親のように接してくれたし、晴子は実の兄のように慕ってくれた。

休日には晴子と二人で埼玉方面に買い出しに向かった。米はなかなか手に入らなかったが、芋や豆を可能な限り仕入れた。ある日、運よく卵を仕入れることができた。法外に高価な卵だったが、そんな時には少尉として頂いている月給が役に立った。ほんのしばらくではあったが、本当の兄妹のように振る舞えた日々は、私の気持ちを穏やかにさせてくれた。

学校では乙種学生百名が二区隊に分かれ、病理、細菌、防疫、内科、外科、飼養、現地自活、化学兵器、軍犬軍鳩、戦術等それぞれ少・中佐級の教官による教育を受けた。手術実習は夜間空襲に備え、遮蔽幕で覆われた薄暗い手術場で行った。

戦局は悪化の一途をたどり、連日空襲が続いていた。空襲警報が発せられると、軍装、書類等を収めた獣医行李を担ぎ、防空壕に避難せねばならなかった。

米軍の攻撃目標は当初は軍需工場であったが、昭和二十年に入ると無差別爆撃に変わった。特に三月十日には下町一帯が一晩中爆撃され、焼夷弾により発生した火災が空を朱色に染め、東京全体をまるで昼間のように照らし続けた。

私の住む目黒付近は、この夜の火災を免れたが、B29の爆音が防空壕の上空を通過するたびに野村母娘は私の膝にしがみついてきた。私は二人の背中に両腕を置き、大丈夫、大丈夫と言い続けた。何が大丈夫なのか、私にもわからなかった。

学校では、当初一年間の研修期間が、戦局に鑑みて九カ月に短縮された。やがて昼間でも校舎にグラマン編隊による機銃の雨が降るようになったため、さらに予定を繰り上げて、四月二十九日の天長節に卒業となった。同日、それぞれに赴任部隊が下令された。同期のほとんどが国内の防衛部隊への赴任となったが、四名だけが満州に駐在する関東軍司令部付との発令であった。その中に私もいた。

関東軍司令部付となった四人で話し合い、五月八日に下関駅で落ち合い、揃って新京に赴任することを誓った。そして家族との最後の別れをするために、いったん帰郷することとした。

その夜は野村家の下宿に戻り、野村母娘に関東軍司令部への赴任の旨を伝えた。淑江夫人はどこで調達したのか、鯖の文化干しと卵焼きを振る舞ってくれた。あの味は今でも忘れることができない。

晴子は丁寧に刺繍したお守り袋を渡してくれた。その時、彼女の口は何も発しなかったが、両目から溢れ出る涙がすべてを語っていた。この後やってくる凄まじい日々の中で、このお守り袋にどれだけ精神を救われたのか、彼女にお礼を言うことができないまま、今日に至っている。

翌朝、使っていた四畳半の部屋をきれいに掃除して、故郷信州に向かった。

一年ぶりに帰還した家には、脳溢血で常臥の父と母だけが残っていた。兄はニューギニア戦線、中学五年生の弟は名古屋の軍需工場に動員されていた。我が家に四日間滞在し、昼は子供のころから慣れ親しんだ山河を歩いた。仰ぎ見る八ヶ岳の峰々には真っ白い雪が光っていた。夜は自家栽培の野菜と凍豆腐の煮物を堪能した。まさにおふくろの味だった。庭先で鶏を飼っていたので、卵にも不自由しなかった。堰でドジョウを捕まえて柳川鍋にした。故郷の恵みに感謝する日々は、あっという間に過ぎてしまった。

五日目の朝、父母と嫁いでいる姉夫婦に見送られて出発した。自力で座っていられない父を支えながら微笑む母の姿があまりにも不憫だった。後ろ髪をひかれながら、振り返らずに駅に向かった。駅前広場の植え込みにはミヤマツツジが今を盛りとばかりに咲き誇っていた。あまりに鮮やかな紫色であった。

〈関東軍司令部へ〉

信州諏訪から一日半かけて下関に到着し、三名の同期と合流することができた。しかし、関釜連絡船の航路はすでに敵潜水艦の制海下にあって出航は叶わない状況となっていた。我々は博多に移動し、博多港からの出航に賭けた。

博多港からの連絡船も、敵の隙を見て夜間、不定期に出航する状態に追い込まれていた。博多港前の広場には、おびただしい数の空襲被災者の人々が野宿を重ねながら、いつ出航するかわからない乗船を待っていた。彼らに申しわけないと思いつつも、我々は連絡船事務所に行き、関東軍司令部に着任するための乗船である旨を告げた。

幸いにも、その夜の零時過ぎ、連絡船は釜山に向け出航した。乗船と同時に救命胴衣の着用が義務づけられ、釜山港に入港するまで外してはならないと言い渡された。改めて危険な航行であることを再認識させられた。

朝、釜山に上陸した。朝鮮半島を縦断する急行列車は、座席にも余裕があり、内地のものと比べ、格段に豪華だった。

次の朝、列車は新京に到着した。柳の緑匂う初夏の新京は、明るい朝日に照らされていた。そこは戦争一色の内地とは別世界であった。人々の服装は開戦前の服装であったし、街には余裕のある空気が流れていた。驚いたことに、駅前には客待ちのタクシーや馬車が並んでいた。久しぶりにタクシーを目にした我々は、一台のタクシーに四人で乗り込み、司令部に乗り付けた。正門前で下車すると、運悪く参謀憲章を付けた少佐がそこに立っていた。

「貴様ら少尉の分際で、タクシーで乗り付けるとは何ごとか」

出鼻をくじかれた思いがした。

関東軍司令部は広大な三階建ての建物だった。三階にある獣医部を訪れ、四名の着任を申告し、正式に関東軍の一員としての勤務が始まった。

当時の関東軍司令官は山田乙三大将、獣医部長は高橋獣医中将、池田中佐が専任獣医官という陣容であった。我ら四人は池田中佐の指揮下に入り、指導を受けることとなった。

司令部に隣接する将校会館を宿舎として、関東軍管下の獣医部関係の施設において一週間ほどを研修に費やした。最大の施設は新京郊外にある第一〇〇連隊のものであり、伝染病対策、防疫対策等獣医技術の研究を主業務としており、獣医官、軍属、兵等で構成されていた。

獣医資材廠は奉天にあり、軍馬関係の各種資材を大量に機械生産していた。奉天の役割は関東軍各部隊への継続的な資材の補給である。

一週間の研修最終日には、池田中佐の官舎に招かれ、庭の芝生にて本格的なジンギスカン鍋をたらふくご馳走になった。初めて経験するジンギスカンの味に感激しながら、博多で出会った群衆、すなわち空襲で焼け出され、腹を減らしながら野宿していた人々をとっさに思い出した。複雑な思いがした。

翌朝、我々四人はそれぞれの部隊への配属を命じられた。私の配属部隊は最前線の野砲兵第一〇七連隊であった。我々はお互いの健闘を誓い合い、それぞれの配属部隊に向かうため新京を後にした。五月二十四日の朝だった。

〈野砲兵第一〇七連隊〉

私が配属された野砲兵第一〇七連隊は北満外蒙古に位置する大興安嶺《たいこうあんれい》山脈西麓の国境線を警備する、第一〇七師団の中核を担う連隊であった。連隊長角田文男中佐のもと、三個大隊の編成で、第一大隊は九〇式野砲十二門でトラック曳行《えいこう》、第二大隊は一五糎《センチ》榴弾砲《りゅうだんほう》十二門、第三大隊は十糎山砲九門より成り、共に軍馬による曳行、駄載《ださい》となっていた。本隊として白阿線沿線にあるトボスに第一、第二大隊が駐屯。第三大隊はそれより八〇キロ北の国境付近、アルシャンに駐屯していた。

着任時点の連隊専任獣医は山根大尉、第二大隊付獣医官淀江中尉、第三大隊付獣医官後藤中尉という陣容であり、三人とも陸軍獣医学校の先輩であった。私は、第二大隊付となり、二百数十頭の挽曳馬の診療、飼養を担当することとなった。

本土決戦に備え、北満配備の戦力は削減されていた。この兵力の削減は、日ソ不可侵条約を根拠に実施されたものである。しかしながら、すでにソ連はヨーロッパ・スターリングラードに於いて、侵攻してきたドイツ軍を降伏に至らしめており、この兵力を東に向けるのは必至であった。

削減された兵力で満州を警備するために、関東軍は前線を縮小し、後方に陣地を構築する方針だった。第一〇七師団でも最前線のアルシャンとトボスの中間点、五叉溝《うさこう》に師団の兵力を集中させるべく、陣地構築にあたっていた。

私が一〇七連隊に配属となって二ヵ月後、山根大尉が師団の獣医部長に、後藤中尉が病馬厩長に異動した。結果、四名の連隊所属獣医将校が二名となってしまった。私は中尉の辞令を受け、第三大隊付獣医官を命ぜられた。八月八日夕刻、ソ連との最前線アルシャンに到着した。出迎えてくれたのは古川獣医軍曹であった。

翌日、突然ソ連軍が国境線を破り侵攻を始めた、との情報が入った。

我々と同じく、アルシャンに駐在する歩兵一〇七連隊が、国境線付近の要所要所に監視哨を設置し、それぞれ一個分隊が配置されていた。国境全域でいっせいに進撃してきたソ連軍は、重戦車を先頭にした狙撃師団であり、アルシャンの前方に設置された監視哨は次々に撃破され玉砕《ぎょくさい》、との報が絶え間なく入ってきた。

私の所属する山砲大隊では、五叉溝の作業隊として主力が留守の状態であった。五叉溝にいる大隊長と連絡を取りながら、居残りの隊員を督励し、出撃態勢に追われた。昨夕着任したばかりの私は、部下の顔と名前も一致しないまま、古川軍曹と共に格納してある戦陣用獣医行李の点検、薬品の補給等を行い、いつでも出陣できる態勢を整えた。不本意ながら、繋留中の病馬の処理も完了させた。

翌八月十日、山岳地帯に陣地構築中の五叉溝に集結せよ、との命令が下った。連隊長より、前線にあるすべての兵器、弾薬、食糧等を持ち、兵舎に火を放って集結するよう下令された。アルシャン在住の邦人たちは、取るものもとりあえず、最終運行となる列車で新京方面に避難した。

第三大隊の留守部隊では、山砲九門を分解して駄馬に積み、弾薬、食糧等を輜重車《しちょうしゃ》に積み込んで六十キロ後方の五叉溝に向けて出発した。出発の際、兵舎に放った火は、いつまでも夜空を赤黒く染めていた。恐ろしいほど暗い赤色が天に広がって、正に以降のわが軍の行く末を暗示しているかのようだった。

＊

僕のまったく知らない源爺が大学ノートの中にいた。僕が知っている源爺といえば、判で押したような生活を繰り返している人で、夕食の用意が十分遅れたぐらいで婆ちゃんを怒鳴ったりする人だった。親父に言わせれば、キチンキチンといつも既定路線を黙々と歩き続けていた人で、危険な投資なんかには手を出さず、いつも安全な道を選択する人だったようだ。

僕が聞いていたのは、戦争の後、シベリアにしばらく捕虜になっていたこと。職業軍人だったので、帰国後は公職追放になっていたこと。公職追放が解けた後、獣医の資格を生かして県の職員になって、定年まで、実直に働き続けた、ということくらいで、県に勤め始める前のことは、多分、婆ちゃんにも、親父にも何も話してこなかったんだろうと思う。僕が大人になってから、一緒に酒を酌み交わした時も、旧制中学までの話はよくしていたけれど、宇都宮の高等専門学校に行ってからの話になると、腹を減らしていた話しか聞いたことがなかった。

源爺の書いたノートをここまで読んで僕が驚かされたのは、こんな経験を二十歳の頃にしていたということだった。七年前の僕の生活とは、あまりにかけ離れている。

僕は、昼間源爺に頼まれて焼いた手紙のことを思い出した。差出人の中に一通だけ女性の名前があった。筆で書かれていた柔らかできれいな文字が記憶に強く残っている。その差出人が晴子という名前だった。目黒の下宿先の娘と同じ名前だ。ただ、野村という姓ではなかったような気がする。あの手紙の差出人と、下宿先の娘さんを結びつけるのは、ちょっと強引すぎるかもしれない。

隣の部屋の柱時計が十二時を打った。奥行きのある音で鳴るこの柱時計は、この家が建築された大正十二年から動き続けているのだという。隣の部屋でゴソゴソと物音がする。源爺が起きたようだ。

襖を開けると、ベッドの上には起き上がって天井を見つめている源爺がいた。襖が開いたことにすら気づいていないみたいだ。

「爺ちゃん、大丈夫か」

気づかずに天井を睨みつけている。退院の日に、看護師の石川さんが言っていた夜の変化なのかもしれない。

「爺ちゃん、清次郎だよ。ここにいるよ」

源爺はようやくこちらに顔を向けた。

「なんだ、お前、そんなところにいたのか」

肩を抱きかかえて体を横にすると、源爺はすぐに寝息を立て始めた。僕はこの夜から寝室の小さな明かりを点《つ》けておくことにした。

メールをチェックすると、札幌の北川明日香からのメッセージが入っていた。信州で爺さんの看病をさせられそうだ、というメールを十日前に出したきり、その後の明日香からのメールに返事を出していなかった。

「清次郎が信州で元気なのか、ショボクレているのかさっぱりわかりませんが、ま、そんなことはどうでもいいか。本題です。今日、雑誌で荻原碌山《おぎわらろくざん》作の相馬《そうま》黒光《こっこう》をモデルにしたブロンズ像の写真を見ました。女の悲しみ、苦しみが写真からもビンビン伝わってきました。で、どうしても本物が見たくなりました。善は急げ、今度の土曜日、飛行機で信州まつもと空港に行きます。安曇野の碌山美術館に連れていってください。これは、ハイ・プライオリティー事項です。あすか」

いつもそうだ。一年後輩の明日香はとにかく決断が速い。思い立ったらすぐに極端な行動を起こす。人前では、ニコニコしながら、高いトーンで「清次郎せんぱーい」と呼びかけるのに、二人きりの時には、低い声で僕のことを呼び捨てにする。油断ならない女だが、この落差を僕に見せようとしているところがかわいらしい。いわゆる面倒臭い女ではないけれど、近いうちに世界放浪の旅に出ることを決めていた僕は、最後の一線だけは超えないように、うまくつき合っていたつもりだ。

土曜日といえば三日後だ。幸い金曜の夜から母親が来ることになっているから、僕は土・日共フリーになる。明日香に了解の返信をして布団に入った。源爺はよく寝ているようだ。

その夜、夢を見た。裸で膝を抱えている、見慣れたショートカットの女だった。上目がちに、じっとこちらを見つめている。その艶めかしさだけが、目を覚ました後の僕の記憶に残った。


翌朝、ガサガサと紙を動かし続ける音で目を覚ました。しばらく布団の中でじっとしていたが、台所の音は続いていた。

引き戸を開けると花子婆が古新聞の山と格闘していた。

「婆ちゃん、どうしたの」

「見つかんないんだよ。昨日から探しているのに」

「何が」

「何って、あれだよ」

「なんか失くしたの」

「失くしてなんかいない。ちゃんとしまったんだよ。だけど、どこにしまったんだか、どうしても思い出せないんだよ」

　何日か前、郵便局の定額貯金証書の隠し場所を変えたらしい。そして、新しい隠し場所がどうしても思い出せないという。額面五百万円の証書らしく、婆ちゃんは必死になって探している。そういえば、以前にも似たようなことがあって、二階の空き部屋にある押し入れの布団の間から貯金通帳が見つかった、という話を母親から聞いたことがある。僕は空き部屋に行って、布団の隙間に手を入れてみた。すぐに何かが触った。布団を全部出してみると百万円の札束が二つ布団の間に挟み込まれていた。

「だって、爺ちゃん死んじゃったら、銀行も郵便局もお金がおろせなくなる、って言うんだもん」

「誰が？」

「菊池さん」

「そりゃ確かにそうだけど」

　花子婆は、源爺が逝ってしまった後のことを、近所の婆さんに相談していたらしい。婆さんたち二人の間では、銀行口座の名義人が亡くなると、預金は息子や嫁が持っていってしまうかもしれない、という話になっていたようだ。確かに、そんな話は世間には転がっている。

「うちは親父もお袋も、伯母さんたちも絶対そんなことしないから大丈夫」

　花子婆は少し安心したみたいで、本棚の奥からも百万円の札束を二つ取り出してきた。もしやと思って、通帳を確認させてもらうと、この一週間で五百万円引き出している。オレオレ詐欺が話題になっている中で、よくこれだけ引き出せたものだと感心した。

「銀行でよくそんな大金引き出せたね。何か言われなかった?」

花子婆は自慢げに答えた。

「菊池さんのお婆ちゃんと、横川さんのお爺ちゃんが一緒に銀行に行ってくれて、二人で、山本さんの場合はオレオレ詐欺じゃありません、って最初に言ってくれたから大丈夫だったよ」

老人たちの美しい連携に、何が正義なのか、よくわからなくなってしまった。

引き出した金額からすれば、あと一つ、札束がどこかに隠されているはずだ。花子婆と二人で、消えてしまった札束と五百万円の定額貯金証書を必死になって探した。探し始めると、十万円とか、五万円の入った封筒が幾つか見つかった。しまい忘れがずいぶん進んでいる。

百万円の札束は食器棚の大どんぶりの中から見つかった。しかし証書の行方は、さっぱりわからなかった。

「もしかしたら、雑誌の間にしまっておいて、古新聞と一緒に出してしまったかもしれないねえ。しょうがないか、諦めるしかないねえ」

僕は花子婆の顔をしばらく見つめていた。婆ちゃんは何もなかったように平然としている。五百万円といえば、僕がこの五年間、節約の鬼となって必死に貯めた金額だ。この人に、お金の管理はもう無理だと思った。

昼過ぎ、ヘルパーさんに源爺を見てもらっている間に、花子婆を連れて銀行に五百万円を預け、近所の郵便局に定額貯金証書のことを相談に行った。窓口のおばさんは花子婆とは顔なじみだった。

「以前だったらねえ、山本さんのことよく存じ上げてますから、簡単に証書の再発行ができたんですけどねえ、今は大変なのよ。ゆうちょ銀行になっちゃったから」

証書再発行のためには、預金の名義人本人が本局に行って申請しなければならない。本人が病床にある場合に限り、本局の調査員がベッドサイドを訪問の上、本人の意思確認を行うことになっているという。名義人が亡くなった後の再発行は、申請者の妥当性の証明を含め、とんでもなく複雑な手続きを要するのだと、おばさんは説明してくれた。僕は躊躇なく、できるだけ早い時期に調査員が訪問してくれるよう、お願いした。

家に帰ると本局から電話が入った。明日の夕方、ゆうちょ銀行の調査員が家に来てくれるという。

その日、夕方まで源爺はよく眠っていた。時々目を覚ましては、ぼーっと天井を見つめている。ベッドを起こしてやると嬉しそうな顔をして庭の様子に見入っている。福寿草は見頃を過ぎてしまったが、代わりに水仙が黄色い花を風に揺らせている。チューリップの葉っぱもずいぶんと背を伸ばしてきた。梅の花はほとんど散ってしまい、下の方に少しだけ色あせた花が残っているだけだ。きっと今年も大きな実をたわわに実らせることだろう。梅の実の収穫はいったい誰がやるんだろう、そう思って源爺を見ると、「俺も同じことを考えていた」とでも言いたそうな顔に見えた。鶯色のメジロが、白と黒の縁取りのある目をきょろきょろさせながら、梅の木の枝から枝を動き回っている。

庭の奥にある桜の木は、三十年前、親父とお袋が結婚した年に植えたものだという。源爺が高遠から買ってきた小彼岸桜だ。ソメイヨシノより花は小ぶりだが、濃い桃色には存在感がある。満開の花の妖艶さは、ソメイヨシノや枝垂《しだ》れ桜を凌ぐものだと、元気な頃の源爺は自慢していた。四月に入って、花芽の色も赤さを増し、だんだんと柔らかくなってきている。来週末頃には、花が咲き始めるかもしれない。

夕食の支度に取りかかると、花子婆は急にテキパキと動き始める。もともと料理好きだった花子婆は源爺の好物を毎日楽しそうに作り続けている。退院してきた頃は「旨い、旨い」と言ってよく食べていた源爺だったが、今夜は好物の鰤《ぶり》の照り焼きなんかも、ひとかけら口に含んだだけで「もういい」と、手で遮っている。花子婆は渋い顔をしている。不安の表情なのか、不満の表情なのか、僕にはよくわからない。

何はなくても白い飯、と言い続け、うどんは代用食だと言ってあまり好まなかった源爺だったが、この頃は飯粒が喉に引っ掛かるようで、おかゆもあまり好まなくなった。柔らかい玉うどんを煮て、短く切ったものを主食として好んで食べるようになった。

「皆さんそうなんですよ。おうどんがいちばん喉の通りがいいみたい」

夕食後に来てくれた訪問看護師の水谷さんは、これが食べられなくなったら、急激に体力が落ちて弱まってゆくかもしれないと言っていた。そろそろ本当の衰弱が始まるのかもしれない。

花子婆が床に就いた後、源爺の大学ノートを開いた。隣の部屋から源爺の寝息が聞こえてくる。


〈ソ連軍との交戦〉


アルシャンから六〇キロ離れた五叉溝まで、昼夜を分かたぬ必死の行軍により、八月十二日、我々野砲兵第一〇七部隊第三大隊は、第一〇七師団本体に合流した。分解の上駄載して運んだ山砲九門、弾薬類も無事本体に帰属させることができた。泡を飛び散らせながらも厳しい行軍に耐えてくれた軍馬たちに感謝した。

第一〇七師団が所属する第四四軍は三師団の編成であったが、他の二師団は中国戦線に移動し、西満州国境の警備にあたっており、四四軍司令部ははるか後方にあった。したがって、北部白阿線沿い一〇〇キロ地域のソ連侵攻からの防衛は第一〇七師団のみであった。

五叉溝の陣地は白阿線に沿った大興安嶺山脈の南端の山岳地帯に構築中の砲兵を中心とした防衛陣地だった。六月初旬から工事に着手し、この時点では七〇パーセントの進捗状況であったが、各大隊共に重火器は駐屯地に配備したままであった。

第一、第二大隊が駐屯していた後方のトボスには、すでにソ連軍の重戦車部隊が到着しており、重火器の曳行は不可能な状況となっていた。八月十三日、駐屯地にいた第一、第二大隊の留守部隊は、現地でソ連軍との交戦となった。しかし、強力なソ連重戦車部隊の砲撃によりおびただしい数の犠牲者を出す結果となり、トボスは占領されるに至った。五叉溝に合流できた第一、第二大隊の兵士は極僅かな数であった。両大隊の獣医将校たちとも再会は叶わなかった。

かかる状況により、第一〇七師団の重火器は、我々第三大隊が駄載して運んできた山砲九門がそのすべてとなった。

ソ連軍はトボスを占領し、周辺各地に分散した我が軍と交戦しながら五叉溝からの退路を断ち、師団陣地は完全に孤立した。師団長は敵陣の一カ所に狙いを定め、歩兵二連隊を配備、十三日の夜間、敵陣突破し、退出路を確保すべく白兵戦を仕掛けた。いったんは陣地を占領したが、間もなく敵の重火器による猛烈な砲撃を受けて、後退せざるを得なかった。この戦いでも、我が軍はおびただしい数の戦死者を出した。

北方の谷地に後退した我が軍は、各隊から斬込隊を編成して肉薄攻撃を重ね、敵撃破を図ったが、只々犠牲者の増加を招くだけだった。

こうした中で、師団は八月十五日の日没を待って、大興安嶺山道による転進を開始した。私は大隊行李と行動を共にした。

翌十六日、起伏の多い草原で周囲から遮蔽された谷地に輜重車を集め、野草を食べさせるために馬の腹帯を緩めるよう指示を出した直後だった。我々の入った谷地に敵の迫撃砲が着弾、炸裂した。驚いて暴れる軍馬を抑え、迫撃砲の発射位置を確認すると、我々の位置を目視できない場所であろうと考えられた。三〇〇メートルほど先に深い窪地があった。断続的に迫撃砲が着弾する中、意を決して輜重車を一台ずつ駆け足で移動させ、全車両を窪地に移すことで、ことなきを得た。本格的な砲弾の洗礼を受けたのは、私にとって初めての経験であり、正に戦闘の最中にいることを実感させられた。私の騎乗する愛馬「深道号」は激しい砲弾の音にも動じることなく、本当によく働いてくれた。

窪地に避難を完了させた後に、我々が先刻までいたあたりを見ると、集中的に砲弾が着弾し、炸裂していた。一瞬判断が遅れたならば命を失っていたのだと思い知らされた。この時、自分は何者かに生かされているのだと感じた。

前日の八月十五日には天皇陛下の玉音放送があり、太平洋戦争は終わりを告げていたわけであるが、五叉溝の陣地離脱の際、暗号書を焼却したために、重要命令が伝達されないまま、師団は山中への転進を図り、戦闘状態を続けることになった経緯を、武装解除後に知ることとなる。

武器弾薬はもちろん、食糧も不足した中での転進であり、味方の飛行機は一機だになく、制空権は完全に敵に握られていた。敵機が上空から我々の位置を確認し、砲撃を仕掛けてくるため、昼間の行動は不可能であった。そのため、明るいうちは森林の中で仮眠し、アマドコロの根などを採って、不足する食糧を補い、夜間の行軍に備える毎日であった。傷ついて動けなくなった軍馬を屠って、その肉を分隊ごとに分配したりもした。

八月二十五日頃、ホドタイ付近で敵の後方部隊の輸送兵団と遭遇した。歩兵・砲兵をあげて攻撃態勢を敷き、敵に損害を与えることに成功し、ソ連軍旗を捕獲した。後になってみればあまりにも無意味な攻撃であるが、この時点では知る由もなかった。

第一〇七師団の補充担任は弘前師管区であり、兵士のほとんどが青森、秋田を中心とした東北地方の人々だった。そのため、兵士同士の話は訛りの強い東北弁であり、聞き取ることが難しかったが、皆粘り強く、諦めない人たちであったことに大いに助けられた。


〈武装解除〉

八月二十八日、大興安嶺を抜け、インドル付近を行進している時だった。ソ連からの攻撃が始まって以来、見ることのできなかった「日の丸」を両翼に付けた飛行機が飛来した。皆、あらんかぎりの大声を上げ、必死に手を振った。飛行機から何かが落とされた。そして瞬時に大空に広がった。数千枚と思われるビラだった。

今となっては、正確には思い出せないが、撒かれたビラにはおおむね次の趣旨が書かれていた。

「すでに戦争は終わっている。速やかに武器をソ連軍に渡し、日本に帰国せよ。日本国民は諸君が帰るのを待っている」

茫然となった。

飛行機は近くの草原に着陸し、参謀憲章を付けた関東軍司令部の少佐が、ソ連軍の少佐と共に降りてきた。

参謀憲章を付けた少佐は、阿部師団長に終戦の詔勅《しょうちょく》と、武装解除に関する関東軍司令官命令書を渡した。師団長は不動の沈黙の後、各部隊に戦闘の停止を下令した。

師団長は司令部の少佐、ソ連軍の少佐としばらく協議していた。協議の後、一台の軍用車に軍使一行と師団参謀が乗り込み、両国国旗を立ててソ連軍陣地に向けて走り去った。

各部隊長はインドル旗公署に集められ、すでに終戦の詔勅が出され、関東軍とソ連軍との間に停戦が成立しており、武装解除に応ずるよう、師団長より下令されたのである。

各部隊では、将校たちの間で激しい議論が湧き上がった。戦陣訓より「生きて虜囚《りよしゆう》の辱《はずかし》めを受けず、死して罪禍《ざいか》の汚名を残すこと勿《なか》れ」という軍人教育を叩き込まれていた陸軍士官学校出身の若手尉官将校たちは、徹底抗戦か、自刃《じじん》すべきかの二派に分かれ、激しい議論を戦わせていたが、年配の佐官将校から「詔勅に従わない者は逆賊となる」という説得を受け、停戦の命令に従うこととなった。

角田連隊長は「帰還しても、日本がどうなっているかわからないが、お互いに何らかの連絡を取り合い、一致協力して日本国の再建に力を尽くそう」と訓示した後、即時武装解除するよう、最後の連隊長命令を下した。

阿部師団長をはじめ、角田連隊長らの高級将校は、この後、ソ連の車両に乗せられ、どこかに連行された。行方は、戦後五年経った今でも杳《よう》として知れない。

翌日、ソ連軍から指定された丘陵の草原地帯に、武器弾薬を集積し、自動車、荷車、軍馬等が集められた。短い期間ではあったが、山中で苦楽を共にしてきた愛馬「深道号《しんどうごう》」も他の軍馬と共に集められ、ソ連兵の鞭に追われながら遠ざかっていった。その姿を目にして、熱いものがこみ上げてきた。

武装解除完了と共に七十二連発のマンドリン（自動小銃）を肩にかけたソ連軍歩兵部隊が現れて、我々を取り囲んだ。我々は、階級順に五列に整列させられて、ソ連将校による人員点呼が時間をかけて行われた。結果、一〇七師団、総員は八五〇〇名余りであった。八月六日の戦闘開始時、その総員が一万五〇〇〇名であったことから考えると、二十日間余りで六五〇〇名の尊い命が失われたことになる。改めて、撤退作戦の難しさを実感させられた。同時に、勝者として胸を張って我々の周りを闊歩するソ連将校の軍服姿が目に焼き付けられた。軍服のところどころに真っ赤な刺繡が施されていた。

人員点呼の後、所持品検査が行われた。腕時計、万年筆等、金めの物はすべて没収された。両腕に四個ずつ腕時計を巻き付け、得意顔のソ連兵を憎々しく思いながら、何もできない自分が情けなかった。

検査が終わると、直ちに行軍を命じられ、長い隊列を組んだ。左右両側を自動小銃を構えた兵士に警戒されながらの三昼夜の行軍であった。この間、食糧補給はまったく行われず、通過する畑から玉葱等を採集しながらの行軍は、二十日間の戦闘に消耗しきった体には、あまりに厳しいものだった。故郷に帰った自らの姿を想像することだけが、皆の唯一の原動力となっていた。

途中、いくつかの満人集落を通過した。かつて日の丸を掲げて歓迎してくれた彼らが、ソ連国旗を振りながら、我々を罵倒し、石を投げつけてくる。かつての歓迎していた姿こそが偽りのものであったことを、つくづくと思い知らされた。

三昼夜の行軍の末到着したのは、一ヵ月前まで勤務していた、野砲兵連隊の駐屯地であった。そこは、激戦の跡が生々しかった。散乱する野砲や輜重車の残骸は、敵方重火器の威力の凄まじさを伝えている。留守を守っていた第二大隊の装備では、まったく太刀打ちできなかったことが、容易に想像できた。

駐屯地にはいくつかの兵舎、厩舎が焼けずに残っていた。ここに勤務していた頃、獣医務室として使っていた建物の周辺には、見覚えのある書類や参考書などが散乱していた。残っている建物の内部は、見る影もなく荒らされ、廃墟と化していた。

九月初旬とはいえ、北満ではすでに秋も深まり、朝夕は氷点下となっていた。我々は建物の残骸を集めて暖を取り、寒さをしのぎながら数日間この地に滞在した。

ここで改めて、五〇名規模の小隊再編が成された。私は専門職としての獣医官であったためそれまで部下を持たなかったが、将校の少ない輜重隊の小隊長を命じられ、作業大隊の編成に入った。

白阿線、トボス駅前で二日間野営で過ごした後、一五トン貨物車両に乗せられた。貨物車両内は上下二段に分けられており、上段、下段共鮨詰め状態で押し込められて、自由に身動きできない状況であった。列車は行き先不明のまま、不定期に長時間停車を繰り返しながら数日間走り続けた。そして、下車を命じられたのがチチハルであった。

＊

源爺の部屋から激しい金属音が響いてきた。部屋に入っていくと、源爺はベッドの上に胡坐《あぐら》をかき、ベッドに取りつけられた鉄パイプの落下防止柵を両手で握りしめ、これを引き抜こうとしている。

「爺ちゃん、どうしたんだ」

源爺の目は、天井を見つめたまま、僕の存在を認めていない。

「清次郎だよ」

僕の手が源爺の肩に触れた瞬間、源爺はビクリと体を震わせた。何かに怯えているのか、それとも心が体を離れているのか、極度にその肉体を強張らせている。鋭い視線はそこにいない何者かに向けられているようだ。

「清次郎だよ。大丈夫だよ」

三回目の呼びかけにようやく呼応して、体の緊張を解き、視線を僕の目に合わせてきた。いつもの源爺の目に戻っている。

「おう、お前か。どうした」

「寝られないようだから、見に来たんだ。夢でも見ていたんじゃないかな」

「おう、そうか」

源爺の両手は鉄パイプの柵を握りしめたままだ。

「ベッドの柵を抜いちゃだめだよ。落っこちないように取り付けてあるんだから」

「おう、そうだな」

源爺は、鉄パイプを握る自分の手をしばらく見つめていたが、納得したらしく、その手を解いた。

「もう遅いから寝ようか」

肩を抱いて横にしてやると、間もなく眠りに就いてくれた。

時計の針はちょうど十二時を指している。僕も眠ることにした。

夢の中か、金属音が遠くから聞こえてくる。その音がだんだん大きくなって、耐えられずにはね起きた。源爺の部屋に入ってみると、何時間か前とまったく同じ構図が目に飛び込んできた。

僕は、先ほどと同じように源爺の気持ちを落ちつけて眠らせ、再び床に就いた。時計を見ると、一時半だった。

この夜は、その後も一時間おきに源爺の同じ動きが繰り返され、朝が来る前に三回起こされる破目になった。

トントントントンという規則正しい音で目を覚ました。花子婆がみそ汁の具を切っている音だろう。心地よい。大根を千切りにしているのだろうか。カーテンの隙間から陽の光が射し込んできている。

花子婆は九十歳になっても料理の腕だけは年齢とは関係ないようだ。りっぱに現役を維持している。まな板の上で野菜を切る音も、母親よりはるかにリズミカルに、気持ちよく響いてくる。

新しい一日が始まったようだ。

源爺の部屋をのぞいてみた。夜中に何度も起きていたためか、ぐっすりとよく眠っている。

「いい気なもんだ」思わず、一人ごちた。

眠い目をこすりながら台所に行くと、上機嫌の花子婆がみそ汁の味見をしていた。僕は夜中に源爺が何と対峙しているのか、もしかすると、花子婆が何か知っているかもしれないと思って、聞いてみることにした。

「ゆうべ、爺ちゃん、うるさくなかった？」

「え？　なんにも聞こえなかったよ」

五感の鈍くなった老人の特権か、あれだけの激しい金属音に、まったく気づかなかったようだ。夜中に源爺が見つめているものに心当たりがないかどうか聞いてみたが、花子婆は、源爺が夜中に起き上がって何かを見つめていることも知らないようだ。

「そんなことより、清ちゃん、今朝は鯵の干物と塩鮭、どっちにする？　鯵の干物は甘塩で美味しいよ」

花子婆は、源爺が対峙しているものに、興味すら感じていない。

庭に出てみると、黄色い水仙の花が咲き始めていた。標高七六〇メートルのここは、春の花の開花が関東より三、四週間ほど遅いようだ。庭の中央にある小彼岸桜の蕾《つぼみ》は、赤さを増してきているものの、まだまだ固い。

昼過ぎに母親の良子がやってきた。母親と花子婆の関係は決して悪い状態ではないが、花子婆は自分たちの一人息子が来ないのが不満な様子だ。

「なんで和男は来ないんだい」

「仕事なんですよ。今週は土曜日も何か入っているみたいで。私も、今日の仕事を他の先生に代わってもらってきたんですよ」

「そりゃありがとよ。だけど、和男はどうなんだかねえ」

僕は、母親に源爺の夜の状態と、五百万円の定額貯金証書紛失の件を報告した。そして、証書の再発行のために、今日の夕方、本局からゆうちょ銀行の調査員が来る予定になっていることを告げた。

「三年ぐらい前にも同じようなことがあったのよ。お婆ちゃん、銀行や信金のキャッシュカードが全部なくなったって、大騒ぎになってね、私が銀行に付き添って再発行してもらったんだけどね、その後が大変だったのよ」

花子婆は泥棒が入っても、絶対に見つからないところに大切なものを隠すのを趣味にしているようだ。問題は、どこに隠したのかを忘れてしまうことだ。泥棒に見つからない場所というのは、家族が必死になって探しても、なかなか見つけ出すことができない。

カード再発行から数ヵ月経った初秋、蚊取り線香を使い切った缶の底から三枚のキャッシュカードが現れたということだ。カードを見つけた花子婆は、何を思ったか、再発行してもらったカードをどこかにしまい込み、古いカードを財布に入れて銀行に出かけ、お金を引き出そうとした。当然のことながら、現金を引き出せるはずがない。仕方なく、花子婆は隣の信用金庫に行って同じことをした。やはり、そこでも機械に支払いを拒否された。不審に思った花子婆は、窓口に文句を言った。

窓口のお姉さんから、このカードは紛失、再発行のために失効している、と伝えられた花子婆の頭には、すでに再発行した記憶は残っていなかった。そこで、「私は再発行など頼んだ覚えはない。誰が勝手にそんなことをしたんだ。ここに、ちゃんと私のカードがあるじゃないか」と、窓口のお姉さんに食って掛かったから、大騒動になった。

信用金庫の支店長から連絡を受けた母親は、取るものもとりあえず特急列車に乗って信州の家に駆けつけた。花子婆と二人で新しいカードを探したけれど見つからなかった。母親は、通帳と印鑑で当座必要なお金を引き出し、支店長に謝罪のために面会したんだけれど、別室で、こっぴどく怒られてしまった。

「なんで私が怒られなきゃいけないのか、わからなかったけどね。信用金庫の支店長さんに、ご家族にもう少しきちんと管理してもらわないと、こちらとしても対応しきれませんから、って言われちゃってね。もう、すみません、すみません、って謝るしかなかったのよ」

「大変だったんだ」

「お婆ちゃんから、古いカードを全部取り上げてね、それからは通帳と印鑑で、お金引き出すようにしてもらったのよ」

「婆ちゃん、その時、何か言ってた？」

母親は、花子婆の口真似をしてみせた。

「信用金庫も不親切になったもんだねえ。良子さん、あんたも大変だねえ、信用金庫から呼び出される度に来なきゃいけないもんねえ」

母親はその時しばらく、開いた口がふさがらなかった、と話していた。再発行した新しいカードは、いつの間にか花子婆の財布に戻り、今も使っているらしい。


夕方、薄暗くなった頃、制服を着たゆうちょ銀行の調査員がやってきた。紛失した定額貯金証書再発行の手続きのための訪問だ。髪をきちんと七、三に分けた、四十代半ばの男性だった。

調査員は、定額貯金の名義人である源爺に直接会って、本人に判断能力がないと認められた場合、代理人による申請で証書再発行の手続きを開始できるという。

調査員の訪問は、まったく予想しなかった源爺の激しい反応を引き出した。

「山本源次郎さんですね」

柔らかな声で、調査員が問いかけた。突然、源爺が興奮状態に陥った。

「誰だ、お前は」

「ゆうちょ銀行の調査員をしている佐藤といいます」

「駄目だ。騙そうとしてるな。帰れ」

源爺は、はあ、はあ、と皆に聞こえるような息づかいになり、極度の興奮状態に入っている。大きく肩で呼吸し始めた。歯をむき出し、上目遣いの鋭い視線で調査員を睨み付けている。

見かねた母親が、間に割って入った。

「どうしたの、お義父さん、郵便局の人でしょ。わざわざ来て下さったんですよ」

「誰だ、お前は。こいつの仲間か」

母のこともまったくわからなくなっているようだ。花子婆が源爺の手をとった。

「お爺ちゃん、どうしたの。悪い人じゃないですよ」

「騙されるな。花子。駄目だぞ。騙されるな」

源爺が息をするたびに、あー、あー、と、声とも息とも判断できないような音が、喉から漏れるようになってきた。両手で、鉄パイプの柵を握りしめている。

「騙されるな。制服に騙されちゃいかん。花子、騙されるな」

突然の興奮状態に面食らった調査員は「もう結構です。状態がわかりましたから。今日面談したという確認のための、ハンコを頂けますか」と母親に向かって言った。「ハンコ」という言葉に反応して、源爺が声を荒げた。

「信用しちゃいかん。制服着た奴を信用するな。全部取られちまうぞ」

「お爺ちゃん、失礼なことを言うもんじゃないですよ」

なだめようとする花子婆に源爺はなおも叫び続ける。

「ハンコなんか、絶対押しちゃいかん。全部取られるぞ。全部持ってかれるぞ。花子、絶対だめだ」

源爺は大声で叫び続けている。花子婆だけ残して、僕たちは部屋の外に出た。

「たまにいらっしゃるんですよ、こちらのお爺ちゃんのような方」

調査員は面談書類を作成しながら続けた。

「山本さんのお爺ちゃん、私の制服のことが気になっていたみたいですね。私の顔ではなく、制服の襟のあたりをじっと見つめておられましたよ。昔、警察官とか、制服を着た仕事をなさってたんですかね」

「いえ、普通のスーツを着た仕事だったんですけど」

不思議そうに母親が答えた。

調査員が帰ってしまうと、源爺はいつもの源爺に戻った。穏やかな表情で花子婆と向き合っている。

あの豹変は何だったのか。その引き金が彼の制服だとすれば、僕には思いあたることがあった。

昨夜読んだ源爺のノートだ。

僕はノートに残されていた、武装解除の部分の記述を思い出していた。「ソ連将校の軍服には、ところどころ真っ赤な刺繍が施されていた。何もできない自分が情けなかった」——確か、こんな内容だった。

郵便局の制服を思い出して納得した。赤色だ。彼の制服は、襟の部分など、鮮やかな赤色で縁取りされていた。源爺の中では、郵便局の制服と、ソ連兵の制服とが重なったのかもしれない。それにしても、あの豹変ぶりは異常だった。恐怖なのだろうか、怒りなのだろうか、それとも絶望だろうか。源爺の心の奥底にある感情は、間違いなく、あの頃経験した何かによってつくられたのだろう。

今夜、皆が寝静まってから、あのノートを開いてみよう。今まで決して語ろうとしなかった、源爺の秘密が、あの中に隠されているような気がした。

夕食は久しぶりにビーフシチューだった。

「毎日お婆ちゃんの料理食べてるはずだから、そろそろ洋食が食べたいんじゃないかと思ってね」

確かに、そろそろボリュームのあるものが欲しかったところだ。

僕たちの夕食前に、母親が小さなスプーンで源爺にビーフシチューを食べさせていた。肉は喉に詰まらせてしまうので、ソースの中につぶした野菜が入っているドロドロしたものだが、源爺はとても気に入ったみたいだ。

「旨いなー。良子さんの料理は旨い」

小鳥の雛が餌を欲しがって、くちばしを大きく開けるみたいに、源爺は母親の目を見ながら、次のスプーンが口元に運ばれるのが待ちきれないように、大きく口を開いている。

花子婆は、源爺が喜んで食べさせてもらっている様子を一瞥しただけで、我関せず、という風を装っている。この歳になっても、嫁、姑の間にある基本ルールを守っているようで面白い。

源爺の食事が終わりに近づいた頃、いつものヘルパーさんがやってきた。

「まあ、今日は源次郎さん、いつもよりたくさん召し上がってますねえ。お嫁さんのシチュー、美味しそうですね」

源爺が答える前に花子婆が口を挟んだ。

「いつもと同じだよ。いつもたくさん食べてるよ」

老婆の拗《す》ねた表情を見て、ヘルパーさんは「そうですよね、いつも食べてますよねえ」と、意味不明の言葉を返した。

ゆうちょ銀行の人が来た時、「誰だ、お前は。こいつの仲間か」と母親に向かって叫んでいた源爺が、今は安心して大きな口を開けながら、同じ人から食べさせてもらっている。きっと、源爺の頭の中にはいくつかの世界が同居していて、それぞれの世界が出てきたり、隠れたりしているのだろう。

今夜から三日間は、母親が源爺の隣の部屋で寝ることになっている。母親がいる間、僕は付き添いから解放される。

食事の後、早々に二階の部屋に移り、メールを確認した。

明日香からのメールが入っていた。

「先週思い切って買った、素敵なブルーのワンピースを着ていくゾ。惚れちゃうかもよ。到着したらその足で碌山美術館へ連れていくこと。夕食は鯛萬のフレンチ、リザーブ済。ホテルはブエナビスタ予約した。明日、三時、空港で。チャオ」

相変わらず明日香はやることが早い。松本に来たことがないはずなのに、最高の店をちゃんと押さえている。

鯛萬というのはアルザス風の木組、白壁、赤レンガ造りの、風格のあるフレンチの老舗《しにせ》で、僕は一度しか行ったことがない。客は皆、おしゃれして出かける店だ。ジーンズで空港に迎えに行くつもりだったが、考え直すことにした。スーツを着ていく店ではあるが、こちらに持ってきているのは、万が一に備えてのダブルの礼服だけだ。明日起きてから考えよう。

僕は源爺のノートを鞄から取り出し、先を読み進めることにした。

〈シベリアへ〉

何日目の朝だろう。到着したチチハルで我々は収容所に入れられた。周りには有刺鉄線が張り巡らされ、四隅の望楼には昼夜を問わず自動小銃を構えたソ連兵が警戒にあたっていた。夜間は透明ガラスの裸電球が煌々と輝いて、望楼からのサーチライトと共に、独特の緊張感を醸し出していた。

収容所には、すでに大勢の日本兵が収容されていた。毎日のように大きなリュックを背負った集団が送り出されてゆく。おそらくここは中間基地の役割を担った施設であろう。

ここでは、毎日、炊事場で作られた食事が、三度、三度支給された。収容所とはいえ、それまでのひもじい日々に比べると生きた心地のする場所だった。

チチハルで課せられた作業は、食糧や資材、燃料等の運搬に関わるものであり、軽度な作業内容であった。そんな日々の中で、我々の緊張感も徐々に解かれ、家族や故郷のこと等を口にするようになっていた。

「小隊長殿は結婚されとるんですか?」

小さな写真を手に、話しかけてくる兵士がいた。五、六歳年上だろうか、山田という人だった。手にした写真を見せたいのだと思った。

「ご家族の写真ですか?」

彼は急に打ち解けた表情になった。

「んだねは。かかだあ。祝言あげた次の月に赤紙さ来てえ、ひと月しか一緒に暮らしてねんだす。腹ん中、おんぼこいっかもしんねず。絶対帰らねばなんねず」

そこには北国の人らしい、控えめで芯のありそうな女性が写っていた。新妻の写真を見せながら、山田は帰還への決意を、自分の中で奮い立たせているのだろう。

「早く奥さんに会えるといいね」

「んだ」

一人になって、軍服に縫いつけていた家族の写真を取り出してみた。思えば、八月九日に戦闘状態に入ってから一カ月間、写真を取り出す余裕すらなかった。両親と兄弟、総勢六人で撮ってもらった写真だった。

「家族全員が揃うのは、これから先、いつになるかわからん。写真館に行って全員で撮ってもらおう」

二年前、私が夏休みで帰省した時、身体が不自由になっていた父の突然の提案で、駅前の写真館に行って写してもらった一枚だ。あの時、この写真を五枚焼き増しした。それぞれが一枚ずつ大事に持っているはずだ。

父も母も一日千秋の想いで、息子たちの帰還を待ち望んでいることだろう。兄はニューギニア戦線に就いていたはずだが、その生死はわからない。弟が行っていた名古屋は、何回も激しい空襲に遭っているはずだ。元気で生き延びているのだろうか。私はこれからどこに行かされるのか、まったくわからない状態だ。こちらをじっと見つめる母の目を見ているうちに、熱いものがこみ上げてきた。

写真と一緒に、軍服のポケットに縫いつけてあったお守り袋が出てきた。東京の陸軍獣医学校に通っていた頃、下宿先の娘、晴子が関東軍への赴任の時に渡してくれたものだ。あの時彼女は、涙が溢れるのを必死に堪えていた。目に涙を溜めたまま、口元で不自然な笑い顔を作りながら、無言で手渡してくれた。

私は、初めてお守り袋の中身を取り出してみた。巣鴨のとげぬき地蔵のお札と共に出てきたのは、晴子の小さな顔写真だった。屈託のない、溢れんばかりの笑顔だった。じっとこちらを見つめている。その笑顔は「大丈夫」と言っているように思えた。「頑張って」と言っているようにも思えた。彼女はいったい、どんな気持ちでこの写真を小さく切り取り、お守り袋の中に入れたのだろうと想像すると、胸が熱くなるのを禁じ得なかった。

写真の裏には鉛筆で小さな文字が書かれていた。

「無事のおかえり、いつまでもお待ちしています」

タンポポの咲くあぜ道を二人で歩きながら、野菜の買い出しに農家を訪ね回った日々が蘇ってきた。歩きながら何を話したか、まったく記憶に残っていないが、大きな目を開けて、私の目を真っ直ぐに見つめていた晴子の瞳だけは忘れていない。写真の中には、あの時と同じ目の輝きがあった。私はしばらく彼女の目をじっと見つめていた。そうするうちに、心が穏やかになってゆくのを感じていた。

チチハルの収容所での一カ月の日々は平穏であった。十月に入り、朝夕は氷点下の気候となっていたが、北東北出身者が中心の小隊では、弱音を吐く者など誰もいなかった。その頃、シベリア行きを覚悟していた我々だったが、いろいろな噂に惑わされた。その最たるものは、この収容所からハバロフスク、ナホトカ経由で帰還できるかもしれないという噂だった。噂の出所はソ連兵だった。彼らは収容所から出発する日本人の集団に「ヤポンダモイ」と声をかけているという。「ヤポンダモイ」とは「日本に帰る」を意味するらしい。津軽に新婚の奥さんを残している山田は、この噂を信じて、仲間たちに奥さんの写真を見せては、嬉しそうに「もうじき会える」と繰り返していた。

強い北風が吹いてきた日だった。我々を指差しながらソ連兵が大声で叫んだ。

「ヤポンダモイ」

十月が終わりに近づいた頃、我々はチチハル収容所から旅立つ日を迎えた。改めて支給された防寒用の毛布、外套、靴を荷造りし、再び貨車に乗せられた。ここに来る時と同じく、内部は二階建てに仕切られていた。列車は旧満鉄の車両で、一五トンの貨車に一個小隊ずつ押し込められた。扉を開けた部分には、板で作られた小便用の桶が取り付けられていた。停車する度にここで用を足したり、供給車両から食糧の配給を受けたりしながら北へ進んだ。

停車中、何度も貨物列車に追い越された。全車が旧満鉄車両であり、無蓋貨車には満州産の穀物、農作器等の物資が満載されていた。南下する列車とすれ違うことはなく、あらゆる占領物資を一気にソ連に運び入れているものと考えられた。

我々を乗せた列車は、ハイラル、マンチョウリーを経由して国境の川を渡った。

「黒竜江だ」

誰かが叫んだ。黒竜江よりはるかに西にいることは明らかだったが、誰もそのことを口にする者はいなかった。

この時点でも、誰もがハバロフスク経由でウラジオストクかナホトカに向かうという、一縷の望みを持ち続けていた。この先の分岐点で、右に進めば帰国。左に進めば地獄だ。貨車内は重苦しい空気に満ち、誰もが無口になっていた。

ぶつぶつぶつというつぶやきが聞こえる。般若心経だろうか、誰かが口の中で経を唱える声が耳を刺激する。

ガタンという大きな音と共に列車は停止した。分岐点だ。我々は貨車の扉を開けた。左右に目を遣ると、すべての貨車から同じように大勢の仲間たちが心配そうに顔をのぞかせている。

ガタガタガタン。列車は当たり前のように、北西方向に向かってゆっくりと動き始めた。

「わあーあー」人間のものとは思われない、腹の奥底から絞り出すような叫び声が響いた。山田だった。

絶望に支配された瞬間だった。帰国の望みを断たれた我々は、次の停車まで、無言で俯《うつむ》いたまま、バイカル湖方面に向かう列車の振動に身を委ねた。

列車は色あせた荒涼たる大地をゆっくりと進んだ。やがて人けのない原野で停車した。我々は排便するために外に出た。そこには、先に輸送された部隊のものと思われる、凍りついた排便の跡が生々しく残されていた。彼らが今どのような状況にあるのか、そして、我々はどこに連れていかれるのか。排便の跡を見ることで、さらなる不安が増幅された。どこにも逃げ場などないのに、列車の上からは制服のソ連兵が我々に小銃を向けながら威圧している。制服に付けられた赤い刺繍が目に焼き付いた。

その時だった。

「けっぱるぞー」

年かさの兵士の力強い声が響いた。

「けっぱるぞー」「けっぱるどー」皆、自分に言い聞かせるように繰り返した。北国の人たちの強さが大地に響いた。私も拳を掲げて、慣れない津軽弁を大声で叫んでいた。「けっぱるぞー」

チチハルを出発してから五日目、十一月一日、森林の中の小さな無人駅に列車は停止した。この駅はブルトイという名前らしい。ここで、我々の隊を含む千名の作業大隊が下車を命じられた。

下車した部隊は二組に分けられ、それぞれ別々の方向に向かって行軍を開始した。私の中隊は、砲兵第三大隊長であった藤野少佐の指揮下に入り、原生林の中を一〇キロほど行軍した。

目的地に着くと、そこには小さな丸太小屋だけがあった。おそらく森林の管理小屋だろう。小屋の周りは日本の杉林を思わせる松の原生林に囲まれていた。そして、ここがブルトイ収容所を建設する場所であると告げられた。

宿泊できる場所がないため、暗闇迫る中、携帯天幕を張って就寝する場所を作った。配給された食糧はひとかけらの黒パンだけであり、体は冷え切っていた。外套を着たまま、与えられた毛布一枚を被り眠りに就こうとしたが、冷気がじんじんと足から伝わってくる。できるだけ隙間を空けないよう、お互いの温もりを分け合いながら、なんとか二、三時間ほど眠ることができた。気を抜いたなら、すぐそこに死があることを、この夜思い知らされることとなった。

翌朝、鋸《のこぎり》、斧、シャベル等を与えられ、現地の一般人の指導により半地下式の丸太小屋建築に取り掛かった。大きな穴を掘り、丸太を組み合わせて作った壁面に水苔を詰めて隙間を埋め、屋根はドランカと呼ばれる松の割板で葺いて、その上に土を盛った。我々は、縦長の、正に穴倉というべき丸太小屋四棟を一週間で完成させた。半地下式のこの建物は思った以上に暖かく、天幕の下とは雲泥の差であった。

翌日、丸太小屋内部の中央通路にドラム缶で作った薪《まき》ストーブを置き、一日中暖が取れるようになった。中央通路の両側に板床の寝所を二段式に作り上げ、長期滞在に適う収容所兵舎ができ上がった。この時点で周りを塀が囲んではいなかったが、兵舎から出たら、丸一日も生きられないことを皆肌で感じていた。

〈ブルトイ収容所〉

我々は皆、極度に衰弱していた。

収容所での最初の一年は、飢餓と寒さとの戦いであった。当時のソ連は、対独戦争にほとんどの若い男たちが動員され、ドイツとの戦いに勝利を収めたとはいえ、民間人を含めると二千数百万人の戦死者を出した直後だった。この年の食糧生産能力は著しく低下し、物流は停滞していた。結果、シベリアに住む一般のソ連国民も食糧、生活資材等が極限状態まで欠乏していた。そのような状況の下、収容所への食糧輸送も不定期となり、その量もきわめて少ないものであった。

抑留された当時、食糧配給は、一人一日当たり、二〇〇グラムの穀類と二〇〇グラムの黒パン、それに野菜、魚、肉が定量と聞かされていた。しかし、実際にはそのような豊かな食糧が供給されることはなく、荒天が続く時など、ひとかけらの黒パンを沸かしたお湯だけで食べ、一日を過ごさなければならなかった。草を食べようにも、草など生えていない。苔も食べ尽くされた。飢えに耐えかねて、松の青皮を剥ぎ、これを焼いて食べる者さえいた。

年末に入り、毎朝の気温は零下四〇度を下回っていた。空腹と極寒、重労働と栄養バランスの欠如が重なって、精神に異常を来たすものが続出していた。

十二月末のある夜のこと、誰かが宿舎を飛び出していった。物音に気づいた我々は急いで外套を羽織り、後を追いかけた。一人の男が大声で何かを叫びながら、真っ裸で宿舎の周りを走り回っている。気温は零下五〇度近いだろう。完全に錯乱している。

何人かでこの男を取り囲み、捕まえた。山田だった。新婚の奥さんの写真を皆に自慢していた、気のいい山田が精神に異常を来たしてしまった。宿舎に担ぎ込まれた彼は、この夜、静かに息を引き取った。

　翌朝から、遺体を埋葬するために焚火を続けた。固く凍った大地は掘ることを拒絶する。焚火をしながら大地の氷を少しずつ溶かしてゆく。そして溶けた土を削ぐように掘り進める。山田の遺体を埋葬できたのは真っ暗な夜になってからだった。板切れで墓標を立て、皆で彼の墓を取り囲んだ。手を合わせ、仰ぎ見た星の輝きを、今も忘れることができない。研ぎ澄まされた空気と、空一面に氷の粒をちりばめたような無数の星。星の光は真っ直ぐに地上に突き刺さってくるようだった。

　ブルトイ収容所に入所して二ヵ月、昭和二十一年の元旦を迎えられずに命を失った人々は、全体の一割近くにものぼった。


　元旦を迎えた。この時点で、ブルトイ収容所では未だ旧日本軍の指揮・統率の体系が続いていた。除夜の鐘を模して、紐で吊るした鉄道レール片を鐘に見立てて鳴らした。我々は暗闇の中で整列し、野村中隊長の号令で、南東の日本の方向を向き最敬礼をした。そして一日も早い帰国を祈って遥拝した。

　一月五日、輜重中隊の半数、一〇〇名の配置換え命令が下った。中隊長以下、比較的健康と思われる一〇〇名が選抜され、荷物をまとめて移動した。私の小隊の大半が移動班に選ばれたので、私もこれに加わり、五キロほどの行軍の後、二ヵ月前に駅で別れた野砲第一大隊中心の収容所に到着した。

この収容所はブダラ収容所と呼ばれ、ソ連軍少佐が所長を務めていた。ここでは固定された班別に作業が課せられており、それぞれの班に日本人担当将校が割り振られ、現地民間人監督と連携しながら、与えられたノルマ達成を目標に作業を指揮する体制ができ上がっていた。

各作業別の一日のノルマは、二人一組の伐採作業、一人当たり六平方メートル。林道までの集材、一人当たり一〇立方メートル。馬を使った集材、一人当たり一〇〇立方メートルなどと、具体的に数値が決められていた。

我々将校には、班全員のノルマ達成に向けての作業推進が課せられた。合わせて、ノルマ達成者には食糧の増配が図られる方式だった。逆に、大幅な未達者は、食糧が減量される。私は、ここで初めて共産主義のやり方を目の当たりにした。

私は獣医官として馬の扱いに慣れているだろうとのことで、馬による集材班の指揮を任されることになった。馬を使っての集材作業は「コニンスキトロリオフカ」と呼ばれ、馬に橇《そり》を引かせていわゆる「地引」によって集材する方法であった。馬を扱い慣れた輜重隊所属の兵士がこれにあたったが、思わぬ誤算があった。

使用する馬は蒙古馬であったが、馬格が不揃いであり、馬によって、その力に著しい差があったのである。馬を用いての集材作業には、我々のほかに現地の民間人も参加していた。毎日の作業の前に、彼らは監督である若い娘とロシア語で何か話した後、力のある大きな馬を連れ去ってしまう。兵士たちにあてがわれるのは、常に非力な馬のみであった。

一日の作業が終わりに近づくと、監督は集材した材木の検尺《けんじゃく》を行う。検尺結果から平米数、立方数を計算し、事務所に報告する。事務所では報告された数値を個人別に整理し、成績表を張り出す。結果、現地民間人と兵士たちの作業成績の間には、常に大差が生じていた。兵士たちはどんなに頑張って作業しても、ノルマ達成には遠く及ばなかったのである。その結果として、食糧増配を獲得できない状態が続いた。兵士たちの間に疲労の色が広がっていた。馬の能力の差が歴然としていたため、不公平であるとの不満の声が兵士たちの間から出始めていた。

この状態を打開するためには、監督の若い娘と意思疎通を図って、馬の割り振りを公平にしてもらうしかなかった。しかし、監督にはロシア語しか通じない。

私は一念発起して早急にロシア語を習得することを決心した。まず、警戒兵や娘監督から単語を聞き取り、これをカタカナで書き出して整理した。単語のみでの会話を試みているうちに、娘監督は日に日に打ち解けてきた。しばらくすると文章の構成も理解できるようになり、会話に近い意思疎通ができるようになった。娘監督が計算が苦手で、毎日長い時間をかけているのを見て、仕事量の計算も手伝ってやった。そして、頃合を見計らって、作業に用いる馬の割り振りの話を持ち出した。

娘監督は私の話を聞き、「知らなかった」と、快く改善を約束してくれた。翌朝から、民間人と兵士は、ほぼ同格の馬を用いて作業をすることができるようになった。力のある馬を扱えるようになった兵士たちの士気は急激に上がった。両者の作業成績の差は一気に解消し、兵士たちは最初の厳しい冬を、なんとか乗り切ることができた。

帰国後に知ったことではあるが、シベリアに抑留されて亡くなった人の六割から七割が、最初の冬を越せなかったという。私の所属していた作業班でもこの冬、二名の仲間を埋葬した。もし、非力な馬だけを使い続けて作業を行っていたならば、食糧の増配は望めず、飢餓と寒さで、より多くの犠牲者を出していたことだろうと思った。

陽光の明るさに春の訪れを感じるようになった頃、私は指揮官として自分が取ってきた行動に満足していた。

この時点では、娘監督と意思疎通を図ったことが、とんでもない結果をもたらす原因となるなどとは、夢にも考えてはいなかった。

山野を覆っていた雪が解け、凍《い》てついていた大地に種々の花が咲き始めた五月下旬、収容所長から配属転換の命令を受けた。新しい作業大隊を編成するために指揮官として選ばれた、との話であった。仕立ての良さそうな制服を着たソ連の将校と下士官の二人に連れられて、初めて乗車するシベリア鉄道の客車で北へ向かった。私が片言のロシア語を話せることがわかると、将校は「次の収容所はとてもいい所だから」と言いながら笑いを見せた。共産主義を表すためか、彼の制服にも、ところどころに赤い刺繍が施されていた。

同じ車両に乗り合わせた客はきわめて陽気で、停車時間の長い駅では大勢の客がホームに降りて、アコーディオンの演奏に合わせて皆でダンスを踊っていた。家族一緒に踊る姿を羨ましく眺めた。

半日の快適な列車の旅を終えて降り立ったのは、カダラという駅だった。ここは炭鉱の街らしく、駅に停車している貨車には石炭が満載されていた。

カダラ収容所に着くと、今まで私がいた収容所とは違い、広い敷地に整った建物が何棟も並んでいた。

早速、管理棟らしき建物に案内され、しばらくの後、所長の少佐と三名の将校の待つ部屋に通された。

「ロシア語は話せるのか」

少佐に問われ、

「少し話せる」

そう答えると、少佐は急に厳しい命令口調で早口にまくし立てた。

「まったくわかりません。理解できません」

必死にロシア語で伝えると、別室から通訳が呼ばれた。

「お前は、この懲罰収容所に送られてきた理由を知っているのか。お前は、前の収容所で、現場監督と無駄口をきいてサボタージュを繰り返した。お前の作業班の作業成績も上がらず、お前は

予想外のことだった。
通訳からここまで聞いて、自分が一種の軍事裁判にかけられていることを知った。あまりにも
その責任を負って、この懲罰収容所に送られてきたのである」

＊

柱時計が午前零時を告げている。

源爺が、郵便局調査員の制服に拒絶反応を示した理由がこれだったんだと、僕は納得した。制服の将校が「とてもいい所」と言った場所が、懲罰収容所だったなんて、まるで小説の中の話みたいだ。

僕は花子婆や母親を起こさないように、静かに階段を降りて源爺の部屋に入った。

源爺は昼間興奮して疲れたのか、ぐっすりと眠っている。源爺の寝顔をじっくりと見た。二十歳か二十一で経験した極限状態は、その後七十年の人生にどんな影響を与えたのだろうか。僕自身の二十七年間とは比べものにならないくらい、密度の濃いものだったんだろうと思った。源爺が病院から戻って十日ほどになるが、戻った時に比べるとずいぶん痩せてしまったようだ。心なしか、寝息も弱々しくなってきたような気がする。

夜の庭に出てみた。春の匂いがする。見上げると、空一面に冷たい星が輝いていた。四月だというのに、今夜は氷点下になっているのかもしれない。ふと、桜の木に目を遣ると小さな花が幾

つか半開きになっている。昼間はいろいろなことがあって、桜を気にする余裕がなかったが、きっと今日咲き始めたのだろう。満開になるのは来週だろうか。

僕はそっと引き戸を閉め、二階の部屋に戻った。明日は、札幌から北川明日香がやってくる。


翌日は朝から快晴だった。札幌からのフライトはきっと快適だろう。それにしても、高級フレンチの鯛萬に、新しいブルーのワンピースで行くなどと、面倒臭いメールを送りつけてきた明日香の意図がわからない。きっと「ジーンズはやめて」とでも言いたいのだろう。しかたがないので、礼服の黒いズボンと、グレーの綿ジャケットを組み合わせてみた。シャツは淡いブルー。鏡に映しながら、意外といけるな、などと思っていると、ノックもなしにドアが開いた。母親だ。

「あれ、清次郎、今日はデート？」

「そんなんじゃないよ。友だちが来るんだ」

「女の子でしょ」

僕は無視していたが、興味津々の母親は黙らない。

「あんたが男の友だちと会うのにウールのズボンなんか穿《は》いていくわけないでしょ。ねえねえ、どんな子？」

僕は無視を続けた。

「あれっ？　そのズボン、礼服のじゃない？　でも、言わなきゃ礼服だってわからないから大丈夫よ」

「これしか持ってきてないんだよ」

まったく、女という生き物はどうして、こう、面倒臭いことに注目するんだろうか。

駅前でレンタカーを借り、空港に向かった。

信州まつもと空港は、北アルプスの麓にある。高く連なる壁のような北アルプスの山々は、春になったとはいえ、まだまだ真っ白い雪に覆われている。真っ青な空と白く輝く雪山のコントラストが鮮やかだ。ここは、札幌便と福岡便がそれぞれ一日一往復という、ローカルな空港で、利用することのない東京の人には、信州に空港があることすら知られていない。

一時間前に空港に着くと、ロビーに人影はなかった。僕は、デッキに出て山々を眺めながら、明日香のことを考えた。なぜ急に信州に来ることを決めたのだろうか。中途半端な状態のまま、札幌を離れた僕に、何か言いたいのだろうか。そんなことを考えているうちに、出迎えに来たと思われる人々が集まってきた。

真っ赤な飛行機が降り立ってきた。ＦＤＡの機体を目にするのは初めてだ。

到着口から出てくる乗客は、ほとんどが紺色のスーツを着たビジネスマンだった。そういえばエプソンの大きな工場が新千歳空港の近くにあったなあ、などと考えていると、次の瞬間、僕は思わず息を呑んだ。明るいブルーのワンピースに、白いジャケットを羽織った明日香が現れた。背筋をぴんと伸ばし、左右の足を投げ出す度に、膝上二十センチのフレアのスカートがひらひらと揺れる。背が高いので、いつもは割と低いヒールの靴を履いているのに、今日履いているのはまったくの別物だ。締まった長い脚に思う存分の主張をさせている。こんなに目立つ明日香を見るのは初めてだ。間違いなく、周りの男たちの視線を集めている。

「どう?」

「どう、って?」

「思い切ってきめてみたんだから、何か言ってよ」

「驚いた」

「それだけ? ま、いいか。すぐに碌山美術館に連れてって」

僕たちは安曇野の真っ直ぐな道を北に向かって車を走らせた。水で満たされた両脇の田んぼは、鏡のように北アルプスの山々を水面に映している。左の車窓には雪帽子をかぶった穂高岳が車に寄り添うように並走してついてくる。

「ねえ、私が急に来た理由、わかる?」

明日香が小さな声で言った。

「碌山美術館に行って、黒光の像を見るためだろ」

「そう……そうね」

閉館時間の近づいた碌山美術館は静まり返っていた。中に入るとすべての音が何かに吸い込まれてしまったような、音と色のない空間だった。僕たちのほかには誰もいない。黒光りするブロンズ像たちが、無言のまま強いエネルギーを発している。もしかすると、この像たちがあらゆる音と色を吸収しているのかもしれない。

荻原碌山が彼のパトロンであった相馬愛蔵の妻、黒光への想いのすべてを込めて造形した「女」は館の中央にひざまずいていた。彼女はその両手を後ろに回し、何かから逃れようと身体をよじりながら、顔を天に向けて光を求めている。彼女が絶望の淵から救いを求める姿が、意志を伴って一つの像を創り上げているようだ。普段、あまり彫刻などに興味をもっていない僕でも、「女」からは彼女の情念を感じることができる。あまりにもエロチックだ。すごい、と思った。

ふと、隣に目を遣ると、明日香が黒光に魂を吸い取られてしまったかのように、力なく口を開けたまま立ち竦《すく》んでいる。その両目を大きく見開き、微動だにしない。あ、涙がこぼれた。

僕は明日香に声が掛けられないまま、そっとその場を引いた。少し離れたブロンズ像越しに彼女の姿を確認する。明日香は「女」を見つめたまま動こうとしない。僕は館内を一回りした後、重い木の扉を開けて外に出た。振り返ると、梢《こずえ》に淡い緑が現れ始めた白樺の木立の中、夕陽を背に小さな赤レンガの建物が佇《たたず》んでいる。この中にあるたった一つの命が何者かと対峙している。

明日香は何を感じ、何を想っているのだろう。

扉が開き、彼女が出てきた。扉を閉める前、明日香は誰もいない館内に向かって頭を下げた。

「ありがとう。連れてきてくれて」

「すごいな」

「ねえ、あの像を黒光が見つけた時のエピソード、知ってる？」

碌山は相馬夫妻の主催するサロンで、夫妻の目の前で血を吐いて倒れ、亡くなったという。碌山が倒れた時、黒光は失神したのだそうだ。数日後、彼のアトリエを訪れた黒光は、完成したばかりの「女」と対面した。彼女は「女」を目にした瞬間、「これは私だ」と確信したのだという。

「彼女は、後になって、自分の著書の中でそう書いているの。ねえ、黒光の像見て何を感じた？」

「エロチックだ」

「……そう。エロスって死んでしまうことへのアンチテーゼかもしれないわね」

「えっ？」

駐車場に向かう途中、薄紅色のソメイヨシノの花が咲き始めているのが見えた。


松本の中心部にあるレストラン、鯛萬はすでに夕闇の中にあった。

「ネットで見ただけだけど、素敵なお店ね。清次郎は来たことあるの？」

「一回だけ。昔、爺さんに連れてきてもらった」

僕は源爺から託されたノートに記されている手記の話をした。H大でロシア文学を専攻してきた明日香は、面白い視点を持っていた。

「世界地図を逆さにしてみると、今まで見えなかった景色が見えることがあるの」

「どういうこと？」

「シベリアを下に、日本を上にして地図を見てごらんなさい。それがロシアから日本を見る見方なの。目を細めてみると、サハリンから北海道、本州とずっと繋がって、シベリアからの半島みたいに見えるわよ。日本海は、まるで汽水湖みたいになっちゃうわ。もしかしたら、今でもロシアからは、そんなふうに日本を見ているかもしれないわよ」

確かに、昔から戦いの時に使っていた地図は、味方を手前に、敵を向こう側に書いて、目の前の景色と照合しながら使っていたという話は、何かの本で読んだことがある。

「第二次世界大戦で、いちばん死者を多く出した国は旧ソ連だって知ってるわよね。二千七百万人よ。昭和二十年代の労働人口が半減しちゃったのよ。だからって、シベリア抑留者にあんな強制労働させるなんて、絶対許せないけど……でも、お爺ちゃん、生きて帰ってきて本当によかった」

「なんで、明日香にとってよかったんだよ」

「だって、源次郎さんだっけ、あなたのお爺ちゃんが無事に生還していなければ、あなたはこの世に存在してないのよ。あなたに会えたから、私にとってよかったの」

僕は今まで、そんなふうに考えたことがなかった。あまりに当たり前すぎて、気にも留めなかったのかもしれない。源爺が、シベリアでのあの過酷な環境を生き抜いてくれたからこそ、僕自身が、今、こうして生きているのだと、改めて実感させられた。

「明日香、お前ってすごいね」

「すごいって?」

「いろんな視点から、冷静に物事を見てる」

「やめてよ。そんなに冷静じゃない……冷静じゃないから……だからここまで押しかけてきたの」

真っ直ぐに見つめる明日香の目が濡れているのがわかった。

この夜、僕は初めて逃げることを止め、すべてをさらけ出して明日香と向き合った。彼女は、何時間か前に目にした黒光の像よりはるかに艶めかしく、なにより柔らかで暖かだった。喉から絞り出すような彼女の叫び声が、隣の部屋にまで聞こえてしまうのではないかと、それだけがその夜の気掛かりだった。
二、三時間眠っていたのだろうか。澄んだ朝の光がカーテンの隙間から入り込んできた。目を開けると、隣の明日香はすでに目を覚ましていた。もしかすると彼女は一睡もしていなかったのかもしれない。
「ねえ清次郎、お爺ちゃんに自分の写真を入れたお守りを渡してくれた人って、清次郎のお婆ちゃん?」

「婆ちゃんは花子。お守りの人は晴子だから、まったくの別人だね」

「そうなんだ。会えたのかなあ、日本に帰ってきて」

「さあ」

源爺の手記の中に出てきた、晴子さんという女性について、僕はまったく気にしていなかったのだけれど、明日香はなぜかその人に拘っていた。

「晴子さんって人、お守りに自分の写真入れるなんて、よっぽどお爺ちゃんのこと好きだったんじゃない？　しかも、あの時代だし」

「そんなもんかな」

明日香は突然起き上がった。胸をシーツで隠しながら悪戯っぽい目を真っ直ぐにこちらに投げかけてきた。

「清次郎が世界一周に出発する時、私の写真入りのお守り、渡してあげようか」

「勘弁してよ。そんなもんスマホでいつでも見られるじゃないか」

瞬間、明日香の視線から遊びが消えた。僕は急いで訂正した。

「入れてくれるんなら、ここに着てきたワンピース姿の写真がいいな」

急に口元の緩んだ明日香は、思いきり枕を投げつけてきた。

昼近くなって、僕らはホテルをチェックアウトした。

地下の駐車場から外に出ると、騒々しい右翼の宣伝カーがちょうど通り過ぎていくところだった。

「出ていけー、出ていけー」

暴力的な声が響いてきた。地方都市の日曜日午前中の空気がかき乱されている。宣伝カーの中から、軍服を思わせるカーキ色の制服を着た若者たちが、ことさらにその眼を見開きながら辺りを睨みつけている。

「ヘイトスピーチ、こんなところにも広がってきてるんだ」

確かに以前は松本で右翼の宣伝カーと出くわすことはなかった。

「戦争って、みんなそうよね。異質なものの排斥から始まってる。ひとりひとりの人間を知ろうともしないで」

明日香が何を言おうとしているのか、僕は量りかねていた。

「人種もそう。宗教もそう。価値観もそう。自分たちとは異質なものが自分たちを押しつぶしてしまうんじゃないかって、不安だから排除しようとする」

「どういうこと?」

「スピルバーグの映画、『シンドラーのリスト』、見た?」

「ずいぶん前にね」

「モノクロの画面の中で、一人の女の子に赤い色が付いてゆくでしょ。そういうこと」

「塊《かたまり》としてじゃなく、一人をきちんと見るってことか?」

「そう……私のこと、ちゃんと見てる？」

「もちろん」

「そう……」

郊外に出ると、春の穏やかな光の中に安曇野の平が広がっていた。空港へ向かう車の中、僕たちは「山が綺麗」とか、「田植えはいつから始まるんだろう」とか、どうでもよい話をしながら車を走らせた。会話は途切れがちだった。僕は、何か大事なことを口にしなければいけないと思いつつ、言葉を決められずにいた。「愛している」とか、「世界一周から帰るのを待っていてくれ」とか、そんな言葉はむず痒《がゆ》くなるから口にできない。そうこうしているうちに、車は信州まつもと空港に到着してしまった。

「ありがとう。来てよかった」

「気をつけて行けよ」

「待ってるから」

「えっ？」

「何年でも、待ってるから。清次郎が帰ってくるのを」

またこの女に先を越されてしまった。僕は精一杯の言葉で応えた。

「ワンピースの写真、送ってくれよな」

離陸する真っ赤な飛行機を見ながら、僕の中で何かが決着したように感じた。明日香とのこと。

旅の目的。はっきりとした言葉にまとめられないけれど、腹の中に収まった気がした。

三日後、源爺の家宛てに明日香からの宅急便が届いた。中には写真館で撮ってもらった、脚を強調したワンピース姿の写真が、A4サイズに引き延ばされ、しかもパネルに入れられた状態で入っていた。部屋に飾れとでもいうのだろうか。それと、イクラの瓶詰が三つ。箱のいちばん下に、北海道神宮のお守り袋が貼り付けられていた。

約束通り、袋の中には小さな顔写真が入れられていた。舌を長く伸ばした、アッカンベーの写真だった。まったく、どこまでが本気で、どこまでが冗談なのかわからない女だ。でも、そんな照れ隠しをするところがなんとも愛おしい。仕方がないから、この不謹慎な小さな写真と一緒に世界を旅することにしよう。

月曜日の昼頃、母親は自宅へと帰っていった。次の金曜日の夜に、今度は父親がやってくるというから、これからの四日間、僕はまた源爺と花子婆との三人の暮らしに戻ることになる。花子婆が寝てしまってから、源爺が寝ている隣の部屋で、ノートを開いた。明日香が気にしていた晴子さんという人と源爺は再会するのだろうか。

〈カダラ懲罰収容所〉

一種の軍事裁判にかけられていることを知った私は、監督と話をしていたのは、ロシア語を憶えて意思疎通を図るためのものだったと、通訳を介して訴えた。しかし、まったく聞き入れられなかった。

その部屋から、真っ直ぐに連れていかれたのは、穴倉というべき孤立した営倉《えいそう》だった。おそらく独房なのだろう。兵士と共にここまで同行してくれた通訳は、ここがチタ分所管内のカダラ収容所にある懲罰収容所であると教えてくれた。

独房に入る前に私物検査が行われ、家族の写真を含め、ほとんどの私物が没収された。お守り袋だけは、通訳が兵士を説得してくれたために手元に残された。この日から、暗くて狭い独房の中で、晴子の写真に励まされながら過ごすこととなる。

懲罰収容所に送り込まれたことによって、内地帰還が遠のいたことは確実だと思った。同時に、私がここに入れられたのは、馬を使って作業していた民間人からの密告のためであると確信した。兵士たちの作業が楽になった分、そのしわ寄せが民間人に重くのしかかったのだろう。だとすれば、あの時の娘監督も何らかの責めを負わされた可能性がある。彼女には申しわけないことをしてしまった。

カダラ収容所の作業は炭鉱の採炭であった。採炭作業は二交代制であり、私は夜間の採炭作業を課せられた。夜、作業に向かい、朝、独房に戻される毎日だった。炭鉱は露天掘りで、ロシア人の鉱夫がダイナマイトで崩した石炭をシャベルでトロッコに積み込み、トラックへの積み込み場所まで重いトロッコを押し出す、肉体的にはきわめて厳しい作業だった。

夜間は冷え込むため石炭で焚火をして暖を取った。石炭は無煙炭であるらしく、地面でもよく燃えた。燃えた後に炭骸は残らず、灰となる良質な石炭だった。作業していたのは軍人だけではなく、在満の元裁判官、警察官、その他の民間人も混じっていた。作業を終えた後、彼らと離れ、薄暗く冷たい独房で過ごす時間は耐え難いものだった。永遠にここから出られないような気がした。こうして死んでいくのかと、何度も何度も考えた。

諦めかけた時、晴子の瞳が救ってくれた。彼女は、いつも微笑みかけながら、真っ直ぐに私を見つめていてくれた。写真を見つめていると、一緒に買い出しに歩いたタンポポの咲くあぜ道を思い出した。そこにはいつも明るい光が射していた。

晴子にお礼を言うまでは死ねない。日本に帰ったら、真っ先に目黒に行こう。そして晴子に会おう。独房で生き抜く原動力を彼女から与えられた。


出口が見えないまま、余りにも長い一ヵ月が経過した。突然、私は独房から出ることを許され、将校宿舎に移された。ソ連流の刑期終了ということだろうか。何の説明もないまま、厩舎勤務を命じられた。

収容所には、所内で使われる水と物資の運搬のために馬車が使われていた。加えて所長専用の馬車があった。これらの馬車を引かせるため、所内には十数頭の馬が飼養されていた。二人の獣医部下士官が厩舎の管理にあたっていたが、そこに私が加わり、三人体制で馬の飼養、病気の管理を担当することになった。仕事量も少なく、何のノルマも課せられない恵まれた職場だった。今までの炭鉱の夜間作業と比べると、雲泥の差だったことは言うまでもない。

私が独房から解放され、厩舎管理の仕事に就いた頃、カダラ収容所では共産主義への洗脳教育が開始された。それ以前は、寒さと飢えに苦しむ日々が続き、死者、病人が続出する悲惨な毎日であったため、洗脳教育どころではなかったのだろう。教育のスタートは、春を迎え、食糧の供給が安定してきた頃と軌を一にしていた。

初めは日本人を対象とした一枚刷りの新聞が週に一度、作業分隊ごとに配布され、回覧する方法が取られた。この新聞の編集は、おそらく強要された日本人の手によるものであり、しっかりとした日本語で書かれていた。社説は「諸戸文男」なるペンネームで書かれていた。おそらく、当時のソ連外相、モロトフから取ったものであろう。社説は常に共産主義礼賛の内容であった。

記事の多くは、共産主義社会における優良活動事例、米軍占領下における日本の惨状についての報告等で構成されていた。原子爆弾が広島、長崎に投下され、当分の間、草木も生えない状態であること、二・一ゼネストが強行されたことなど、母国の窮状を知ったのも、この新聞によってであった。

抑留生活がまる一年を迎えた頃、すなわち昭和二十一年の初秋、収容所内に「民主グループ」なるものが組織された。共産主義に共鳴する日本人抑留者が選抜され、ソ連将校の指揮監督の下、所内の共産主義教育、洗脳を目的とした活動が展開されるようになった。民主グループ員は作業への出役を免除され、もっぱら共産主義を礼賛する壁新聞を作成したり、夜間、アジ演説会等を開催して共産主義の宣伝、浸透を図る活動を展開していった。

カダラ収容所には一五〇〇名ほどが収容されていたが、この収容所には、将兵の他に多数の旧満州公務員が含まれていた。検事、警察官、裁判所判事等であった。そういったことが原因か、民主グループの活動はカダラ収容所では特に活発だと言われていた。彼らが開催するアジ講演会は次第に吊し上げの場へとエスカレートしていった。将校、警察官は反動分子と決めつけられ、槍玉にあげられることが多くなっていった。私も将校宿舎の一員ではあったが、収容所長であるソ連少佐と直接接する機会を持っていたためか、一度も彼らの槍玉にあげられることはなかった。

当時、私はゆっくりとした会話には何とかついていける程度にロシア語が理解できたので、所長が公私の用務で馬車を使う際、馭者《ぎょしゃ》として同行する機会が多くなった。同行を命じられた当初、懲罰収容所に送られてきた日の記憶から、所長に対しては冷酷な人間であるとの印象を持っていた。しかし、何度か行動を共にするうちに、人間味溢れる知的な人物であることがわかってきた。

ある日、「ロシアの文学を知っているか?」と問われた。私は「トルストイの『復活』が好きな作品だ」と答えた。この時の所長の驚いた顔が忘れられない。日本人学生の多くが、トルストイやドストエフスキーを好んで読んでいることを伝えると「そうか、ドストエフスキーも読んでいるのか。知らなかった。私は日本人を誤解していた」と、衝撃を受けているようだった。

冬の初めだった。この日も馭者として所長に同行していた。

「お前、日本に帰りたいか?」

突然だった。

「もちろんです。一日も早く帰りたい」

私は興奮していた。

「実はな、この収容所からも、一部、帰還する隊の編成をすることになった。その隊にお前を加えてやろうと思う」

夢のような話だった。しかし、騙されて懲罰収容所に移送された時のことが頭をよぎった。所長を信頼してはいたが、懲罰収容所を出てから半年しか経っていない私に対して、そんなに旨い話がとんとん拍子に進むことを信じてはいけないと思っていた。

所長と話を交わしてから二週間が経った。カダラ収容所からの帰還隊編成の発表があった。その中に、私の名前も含まれていた。

帰還隊編成の発表があってから一週間後、チタ市郊外にあるチタ収容所、第七分所に移送された。ここで、各収容所から移送されてきた将校たちと共に、帰還将校団の一員となった。この収容所では、作業への出役はほとんどなく、もっぱら共産主義教育を受けることとなった。

〈チタ収容所〉

チタ収容所はチタ市郊外の松林に中にあった。木造の建物が何棟も並んだ整備された施設だった。チタ州の総括的な位置づけを持った収容所であるらしく、日本へ帰還する部隊編成もここで行われた。帰還将校団約一〇〇名は兵士とは別棟に収容された。一人一人に、日本語で書かれた五〇〇ページに及ぶ『共産党史』が貸与され、これを暗記するよう命令された。我々は、一応この本に目を通しはしたが、暇を見つけては、手製の囲碁や将棋を楽しむこともでき、命の洗濯をすることができた。

数日後、外部に作業に出る兵士集団の指揮と通訳を命じられた。行き先は、市内の製粉工場やコルホーズであった。コルホーズには一週間ほど泊まり込んで馬鈴薯の収穫、馬糧用の干草の調整、収納などの作業を手伝った。

この収容所に一年以上収容されていたが、抑留直後に送られたいくつかの収容所と比べると、まるで天国のような毎日を送ることができた。コルホーズの構成員と楽しく作業し、時には夕食に招待されてウォッカをご馳走になり、共に歌を披露しあったりもした。

夏のシベリアは午後十一時になっても夕方程度の明るさがあり、午後二時には夜明けを迎える。明るい時間を持て余し、夜八時以降に、手製の球を使っての野球に興じる余裕すら出てきた。そんな時、抑留された直後からの、あの過酷な一年間を生き抜くことができた喜びを、しみじみと噛みしめることができた。

昭和二十二年に入り、帰国が開始されたとの噂が収容所内で聞かれるようになった。八月になると、チタ収容所に於いても、帰還と思われる集団が編成され、収容所を出発してゆくようになった。一つの集団が出発した翌日には新しい集団が入所するという慌ただしい動きがみられるようになり、帰国の動きが始まっていることを窺わせた。一方で、「ダモイ」という言葉に何度も騙されてきたために、これも何かのからくりではないか、という疑いも捨てきれなかった。

九月下旬、我々将校集団にも出発の命令が下った。紙類の持ち出しは固く禁止されていたので、皆、かつての部下たちの名簿等を手巻きたばこ、マホルカの薄紙に小さな字で書き写し、服の襟の中に縫い込んだ。抑留直後の過酷な日々の中で亡くなっていった、私の仲間たちの名簿は、懲罰収容所で没収されてしまったため、私はそれ以後知り合った人たちの連絡先と、唯一持っていた写真を襟の中に縫い込んだ。

帰国後、襟を解いてみると、記憶に留めるために自身が詠んだ未熟な歌も縫い込まれていた。

「ひと日かけ焚火に凍土溶かしつつ君を葬りし闇深き森」

〈帰還・復員〉

チタ駅で乗り込んだ貨車は停車を繰り返しながら、七日間東に向かって走った。終着駅ナホトカに到着した時には各車両から歓声が上がった。久しぶりに眺める青い海は、まもなく祖国に帰還できることを実感させてくれた。

収容施設に落ち着いた直後に集合命令が掛かった。全員参加の総括集会であった。現地に駐在する民主グループと、梯団内の民主グループとの合同司会によって集会は進められた。全員を車座に座らせた中央で、長々とアジテーションが続いた。演説が終わると、あらかじめ民主グループに提出されていた資料に基づいて個人の糾弾が始まった。時には告発者と被告者双方を対決させ、罪状の黒白を争う総括が三時間続くような事例もあった。告発の内容は、ほとんどが「不公平」に関わることであり、下士官が告発の対象とされる例が多かった。誰が多く食い物を取ったとか、いつも自分だけが重い労働を強いられたとか、そんな事例が告発の内容だった。何人かの将校も、かつての部下から告発を受けていたが、多くの者は無事の帰国を願って、どんな言葉を浴びせかけられても、じっと下を向いて沈黙を続けていた。

総括の結果、何人が残留させられることになったかは不明であるが、真っ暗になってから宿舎に入り、ようやく食事を摂ることができた。

翌日の所持品検査は綿密なものであり、すべての荷物を細かく調べられた。収容中の扱い、生活状態等の記録が外国に流出することを極度に警戒しているのではないかと思った。収容所で流れていた噂通り、着ている服の襟に縫い込んだものについては、検査されることなく通過することができた。これでようやく帰国船に乗ることを約束され、自由の身となったのである。

三日目の朝は快晴であった。海風が磯の香りを運んできた。

沖合に、日の丸をはためかせた汽船が停泊していた。二年以上、夢にまで見て待ち望んでいた帰国が目の前に迫っている。全身に震えが出ていることに気付かされた。

四列の長い列を作って乗船を待つ。桟橋から、定員百名ほどのはしけが何度も本船と往復する。乗船の順番が回ってくるまでの、たった一時間ほどの時が、本当に長い時間に感じられた。

輸送船「信陽丸」の甲板には、日本の係員と赤十字の看護婦が一列に並んで「ご苦労様でした」と、迎えてくれた。純白の白衣に身を包んだ彼女たちからこの一言を聞いた瞬間に、不覚にも涙が溢れ出てしまった。

全員の乗船が確認されると、船内放送で輸送官の訓示が流れた。先発の船内では、抑留中のトラブルが原因で、集団で一人の人間を袋叩きにする等の暴力行為が発生したらしい。全員無事に帰国できるよう、感情に任せた行為はくれぐれも慎んでほしい、との内容であった。乗船者の噂によると、行き過ぎた活動を行っていた民主グループに対する吊し上げが頻発していたらしい。我々の乗った船内でも、怒鳴り合う声は遠くから聞こえてきたが、けが人を出すほどのトラブルには至らなかった。

ナホトカを出航して三日目、「内地が見えるぞ」との叫び声を聞いて甲板に上がると、緑の松に彩られた小島の向こう側に、霞がかかった本土の影が浮かんでいた。待ちに待った帰国が現実のものとなった喜びが全身を駆け巡った。ついに舞鶴に辿り着いたのだ。

湾内に一晩停泊した後、上陸を開始したのが昭和二十二年十月十八日、早朝のことだった。

舞鶴の引き揚げ施設はまだ新しく、戦後に建設されたものと思われた。ここで振る舞われた白い飯と豆腐の味噌汁、そして糠漬《ぬかづ》けのきゅうりの味を、今でもはっきりと憶えている。

引き揚げ施設に停泊した二日間、進駐軍を交えた二組の査問班によって、個別聴取が行われた。最初の査問班には、所属していた一〇七連隊の戦闘状況、終戦を知った経緯、入ソの状況と、死亡者の死亡原因、隊員の消息等について聞かれた。もう一つの査問班からの質問は、もっぱら抑留中の共産主義思想教育についてであった。

聴取の合間に、入浴、ＤＤＴによる消毒が行われ、海軍の作業衣と下着一揃いが配布された。また、復員手当として現金三百円が支給された時には、大金を手にしたと喜んだものである。しかし翌日、饅頭が一個十円で売られているのを目にし、貨幣価値が変わったことを知った。

京都までの移動には復員専用列車が準備された。各駅では婦人会を主体とする大勢の人たちに迎えていただき、日本人の暖かさを実感した。時には蒸し芋などの差し入れも頂いた。

京都駅で通常の列車に乗り換えた途端に状況は一変した。私の席が指定されているにも拘らず、いわゆる闇屋と呼ばれる一団が席を占有して動こうとしない。車掌が声をからして座席を確保するありさまで、戦後の人心が疲弊していることに驚かされた。

私は、東京経由での帰路を選択していた。東京での乗り換え時間は四時間ある。この時間を使って、目黒の野村家に帰還の報告をすることができるはずだった。何よりも、暗い独房の孤独を支えてくれた晴子にお礼が言いたい。

〈東京から故郷へ〉

夜行列車の車内で仮眠を取りながら、東京駅に到着した。東京の街はすっかり変わってしまった。三月の大空襲の惨状が思い出された。目黒はあの後、大丈夫だったのだろうか。私は真っ直ぐに目黒の野村家を目指した。

いつも乗降していた駅に着いて辺りを見回すと、あるはずの建物がない。新しい建物の工事が始まっている所もあれば、小さなバラックが建っている土地もある。ここ、目黒も空襲に遭っていることを、この時初めて知らされた。

野村家が建っていたはずの場所には瓦礫が散乱していた。この辺りは空襲で焼け野原になったのだろう。何かの手掛かりがないかと探してみたが、立札なども何も見つからなかった。私は、淑江さんたちがいつも買い物をしていた商店街があった場所に行ってみた。幸いにも、淑江さんと顔なじみだった八百屋が残っていた。

八百屋のおかみさんは野村家の状況を詳しく把握していた。おかみさんは、何かあったら知らせてほしいと、淑江さんから頼まれていたのだという。空襲で家を失った淑江さん母娘はしばらく親戚の家に身を寄せていたらしい。終戦後間もなく長男の戦死の知らせが入ったらしく、淑江さんはずいぶん落ち込んでいたという。晴子が働きに出て、二人は三鷹で間借りして生活していたとのことだが、二カ月ほど前に淑江さんが訪ねてきて、晴子の縁談がまとまったと話していったという。相手は埼玉の獣医師だという。それを聞いた時、すぐに嫁ぎ先の察しがついた。彼が生きて帰ってこられたことを知って、心からよかったと思った。彼なら大丈夫だ。きっと彼女を幸せにしてくれるだろう。おかみさんの話によると、相手の獣医師は淑江さんにも一緒に暮らそうと言ってくれたのだという。それに対して淑江さんがどんな選択をしたかは知らないという。私がお礼を言って立ち去ろうとすると、おかみさんが、晴子さんの嫁ぎ先の住所を教えてくれると言った。私はこれを辞して新宿駅に向かった。

故郷の駅に着くと、そこには、出征の時と同じ風景があった。改札口の先には、父母と兄弟たちが出迎えてくれていた。自力で立っていられない父は、両脇を兄と弟に支えられながら、私が舞鶴から打った電報をしっかりと握りしめていた。

目に涙をいっぱいに溜めている母の顔を見て、生きて帰ってこられた喜びを全身で感じた。

以上

忘れ去る前に、記憶の中にある二年半の日々を書き留めた。抹殺してしまいたい記憶をここに書き留めたことに意味があるのかどうか、書き終えた今も結論を出せずにいる。

終戦から五年経った今、六月の朝鮮戦争勃発をきっかけとして、我が国に警察予備隊が創設された。隊員募集を開始して、わずか二ヵ月間で、隊員数七万四千名を数える巨大な組織として動き始めた。五年という節目に、何かが再び動き出したような気がする。

運良く帰還できた人間として、終戦前後の日々を書き留めておかなければならないという、強迫にも似た衝動は、そんな変化の中から生まれたと、今思う。

昭和二十五年　秋　　　　　　　　　　山本源次郎　記

＊

あまりにも重い記録だった。これは源爺にとって一つの時代との決別だったのだろう。この記録を書き上げることが、新たな人生をスタートするために、どうしても必要な節目だったのかもしれない。

このノートを書いてから数カ月後、源爺は花子婆と結婚し、僕の父親が生まれた。そして、孫である僕が、ちょうど、このノートを書いた時の源爺の年齢になっている。父親から、源爺は復員してしばらくの間、公職追放になっていたと聞いたことがある。公職追放が解除され公務員となった源爺は、戦時中や抑留されていた時代のことを誰にも語ることなく、この一冊のノートの中に封印してきたのだろう。

今の僕にこのノートを渡したのは、死に向かう源爺の明確な意志だったのだと、読み終わった今、確信している。

時計を見ると、午前一時を回っている。源爺の眠る部屋を覗いてみた。寝息も立てずに静かに横たわっている。心配になった僕は呼吸を確認した。非常にゆっくりとした呼吸だけれど、間違いなく息をしている。数日前まで激しい動きを見せていた源爺だが、昨日あたりからは生きようとする意志が低下してきているように思う。あと数日間の命かもしれない。

僕は、もう一度ノートに書かれていた内容を思い出してみた。あの頃、源爺は何度も死と直面していた。むしろ、生きて帰ることができたのが不思議なくらいだ。無事に生還できたのは偶然だろうか、いや、源爺は生き抜こうという強い意志を持っていた。今、歳を重ね、生きる意志を失いかけている源爺を目の前にして、人が老いるということはこういうことなのか、と、しみじみ思う。源爺は自身の「生」を生き切ったと思っているのかもしれない。

僕はシベリアで生き抜いてくれた源爺に感謝する気持ちになった。今、死に向かうことと、あの時死んでいたこととの差はあまりにも大きい。もし、あの時、生きることを諦めていたなら、この世界に僕という人間の存在はない。それだけは、はっきりしている。命というのは、もしかしたら、一人の人間の生死を超えて、次々に繫がっていくものなのかもしれない。

今までまったく考えたことがなかったが、先祖に手を合わせるという、昔からの習慣の持つ意味を、感覚として自分の中に持つことができるようになった気がする。そんなことを思いながら、その夜僕は床に就いた。

翌朝目を覚ますと、花子婆がうどん玉を煮込んでいた。味見してみると、出汁が効いていて旨い。花子婆は、箸でうどんを一センチほどの長さに切って、食べ易い状態にして源爺の口元にスプーンをあてた。源爺は口先を小さく開けて汁を啜《すす》った。「うん、旨い」という表情を花子婆に向けたが、うどんそのものを食べる気はないようだ。この朝はうどんの汁を三、四回啜っただけだった。

「もうだめかねえ」

花子婆が、誰に言うでもなく、呟いた。

その日から源爺の栄養補給は点滴のみになった。


水曜日、源爺が食べられない状態になったということを伝えると、翌朝両親は仕事を休んでやってきた。意識が朦朧としている源爺に親父が何かを話しかけている。ベッドと向き合って座っている親父の後ろ姿が源爺と似ている。

僕が近づいてゆくと、親父がポツリと呟いた。

「元気なうちにもっと、いろんなことを話しておけばよかったなあ」

「源爺とはあんまり話さなかったんだ」

「あたり障りない話はしていたけどな、どんな風に思っているとか、本当はこんな風に考えているとか、突っ込んだ話はお互い避けてきたような気がする」

「そうなんだ」

「俺の若い頃はな、親の世代とは根本的なところで相容れないと思っていた。職業軍人だった親父は、異質な人間だと考えていたのかもしれんな。お前らが大きくなって、親父に対する見方が間違いだったと気づいたんだが、もう遅すぎた」

親父のこんな神妙な顔つきを見るのは初めてだった。

翌日、満開の桜に目を向けたかと思うと、源爺は何も言い残すことなく、静かに息を引き取った。風が起きて、紅の花が舞った。

花子婆は臨終の場から逃げるように、意味もなく台所に立ち、いつまでもうどんを煮ていた。その夜、急を知らせる連絡先を選ぶため、姉の沙織に急かされながら、花子婆は今年来た年賀状をめくっていた。

「ああ、佐々木さんも去年亡くなってたんだ」

結局、源爺の友だちの中で生きている人はずいぶん少なくなっていて、姉が電話で葬儀日程を連絡したのは三人だけだったようだ。

「九十過ぎて死ぬのも考えものね。友だち、誰も来そうにないわよ」

姉は他人事のように言った。

葬儀の参列者は、親戚を除けば、ほとんどが近所の人と、父親の仕事関係の人たちだった。父親は会社で営業部長をしているらしく、取引先の人たちが結構来ていた。

僕が受付をしていると、白髪の上品そうな老婦人が、若い女性に付き添われながら受付にやってきた。近所の人にしては、垢抜けているな、とは思いつつも、花子婆に声をかけて応対してもらった。花子婆はその人と親しげに話をしていた。

「あの人、誰?」

「初めて会った人だけどねえ、宇都宮の獣医科の奥平さんていう同級生の奥さんだって。本人が入院しているんで、奥さんがわざわざ来てくれたんだって。ありがたいねえ」

奥平という名前ははっきりと記憶に残っている。もしやと思い、急いで記名帳を確認した。そこには、女性的な柔らかい字で「奥平康平　代　晴子」と記されていた。奥平晴子、あの源爺のノートを託された日、頼まれて焼いた手紙の差出人に確かにこの名前があった。間違いなく、この人は、独房の源爺を支えてくれた晴子さんだ。僕はその老婦人の動きを目で追った。

式場の外に小さな焼香台が設けられている。老婦人は、そこに飾られている源爺の写真をじっと見つめている。その後ろ姿が何かを語っているように思えた。僕はそれを確かめたいと思った。

受付を従弟に代わってもらい、彼女の傍らに立った。

「遠くから来ていただいてありがとうございました」

「あなたは?」

「源次郎の孫で山本清次郎と申します」

「まあ……源次郎さんの若い頃によく似ていらっしゃいますねえ、あなた。私、奥平と申します」

「祖父が大変お世話になりまして、ありがとうございました」

「えっ？　私どもの方こそ、本当にお世話になったんですよ」

傍らから若い娘が口を挟んだ。

「祖母は、昔、こちらのお爺ちゃんに憧れていたんですって」

「優香、お黙りなさい」

優香と呼ばれた娘は、老婦人を無視して続けた。

「こちらのお爺ちゃん、祖母のお家に下宿なさってたんですって。若い頃」

「そうなんですか」

「その頃の思い出話を祖母から聞きながら、ここまで運転してきたんです。あっ、お葬式の会場ですみません、こんな話」

「いいんです。大往生ですから、明るい方が」

老婦人は、もう一度源爺の写真に手を合わせ、何かを語りかけている。

「告別式に出ていると、帰りに渋滞にかかってしまいますので、読経が始まったら、こちらでお焼香させていただいて失礼します」

「ありがとうございます。奥平さんに来ていただいて、祖父も心から喜んでいると思います。本当にありがとうございました」

僕は深々と頭を下げた。確かめたかったことが確かめられたと感じた。

葬儀の翌日、庭に出てみると桜の花はほとんどが散ってしまっていた。明るい緑の葉が風に揺れている。信州での僕の役割は完了した。

両親と花子婆は、花子婆のこれからの生活について話をしている。まだまだ、これから片づけなければいけないことがあるのだろう。

僕は本屋に行って、高校の地理で使うような世界地図を買ってきた。あの日、明日香が言っていたことは本当だろうか。僕はシベリアを下に、日本を上にして地図を眺めてみた。まったく見たことのない形状だった。目を細めてみる。明日香が言っていた通り、本当に日本海は巨大な湖のように見える。日本からシベリアを見ることと、シベリアから日本を見るのではまったく風景が違う。この違いはおそらく地図上だけの話ではない。そこに住む人たちの視点はそれぞれの土地や風土によって創られているはずだ。

世界に向けて旅立つ目的が、僕の中で徐々に明らかになってきた。風景を観にいくのではない。そこに住む人々の価値観や視点を知ることだ。ひとりひとりの人間がどんな価値観で、どんな見方をしているのか、そのすべてが平和な日本で育った僕には理解できないかもしれない。しかし、様々な視点を知ることが、これからの僕たちには絶対に必要なことだと思った。異質と感じるものを排除するのではなく、しっかりと見つめることがすべての出発点になる。

源爺のノートの一部分を思い出した。確か、カダラ収容所の所長だったと思うが、日本人がトルストイやドストエフスキーを読んでいることに、衝撃を受けていたという部分があった。お互いの無理解は今も変わらないだろう。きっとロシアだけではないはずだ。

地図でカダラやチタを探してみた。バイカル湖の東に確かに存在している。二つとも、大きな都市になっているようだ。

僕はこれから出発する世界旅行の最初の目的地をカダラに決めた。収容所の痕跡は残っていないかもしれない。石炭は、今でも掘られているのだろうか。そこに住む今の人たちに、七十年前の日本人抑留は何かを残しているのだろうか。

僕が旅に出ている間、明日香は待っていると言った。彼女はその間どんな時間を過ごすのだろう。僕は人の心が何年経っても変わらないなんて信じていない。それは明日香もそうだし、僕自身もそうだ。もし変わってしまうのなら、変わってしまうことも含めて、すべてを認めることが、一人の人間を見つめるということなのだろう。

僕は札幌の明日香にメールを送った。

「僕自身の中で、旅の目的がはっきりと決まった。シベリアからヨーロッパに向けて旅立つことにした。その前に札幌に行く。大切な話がある」

明日香から短いメールが返ってきた。

「了解……」

水辺の周回路

甲高い犬の声が響いてきた。朝の散歩をしている犬同士が、互いに威嚇しあっているのだろう。前夜の酒が残って重い頭の中を、犬の声がかき乱していた。

半熟の目玉焼きをテーブルに並べながら、斜めから僕の顔を覗き込むようにして亜紀が言った。

「昨日、青木産婦人科に行ってきたの。赤ちゃん、順調ですって」

「できたのか?」

亜紀は一瞬、黙ったまま僕の目に視線を合わせた。そしてゆっくりと頷いたあと、再び僕の目を見つめながら微笑んだ。

僕は混乱していた。妻から妊娠を告げられた瞬間、どんな表情で、何という言葉を発したのかまったく憶えていない。多分、嬉しそうに微笑みかける妻の顔を正面から見つめながら、いびつな表情をつくってしまったのだろう。

「ねえ、どうしたの、嬉しくないの?」

「そんなことないさ。突然だったんで、驚いただけだよ。とにかくよかった。大事にしなきゃな」

いぶかしがる妻に、何とか無難に言葉を返した気がする。

「昨日話そうと思って待っていたんだけど、酔っ払って帰ってきたのが一時過ぎだったから報告できなかったのよ」
三日連続で、僕の帰宅時刻は深夜十二時を回ってからだった。

その日、午後の定例会議では、先月と同じ生産性のない報告が続いていた。それを聞き流しながら、僕は朝の妻との会話を思い出していた。

子供が欲しくないわけではない。しかし、父親になった時、自分の子供をしっかりと受け止めることができるのかどうか、自信がなかった。自分にはそんな資格がないのではないか。漠然とした不安が僕の頭の中をぐるぐると回っていた。

あれからもう二十年以上の歳月が流れている。年に何回か、同じ夢にうなされて目を覚ますことがある。幼い頃のおぼろげな記憶。誰かと引き離され、自分が連れ去られる映像が夢の中に映し出され、汗だくで目覚める。夢の中の女は裸足のままコンクリートの上でうなだれていた。女は決して僕を見ようとしていなかった。あれが自分の母親なのだろうか。まったく身動きできないほど強い力で僕を抱きかかえて、あの女のもとから走り去ったのは父親だろうか。いや、感触が違う。もっとごつごつとしていた。多分、あれは安曇野の祖父だ。

僕は信州安曇野に建つ古い屋敷で父方の祖父母に育てられた。屋敷は、南側を除く三方を、屋根の高さの三倍はあろうかという杉の屋敷林で囲まれていた。築百年以上経た暗い屋敷の中は、梁《はり》も柱もただただ重そうに黒光りしていた。

父親は都内で別の家庭をもっていたらしいが、僕が小学校五年生の時に事故で亡くなった。葬式のために祖父母は上京したが、何のための上京か聞かされないまま、僕は安曇野の屋敷で一人、留守番をさせられていた。翌日、東京から戻ってきた祖父は、座敷に僕を正座させ、辛そうに父親の死を告げた。その時、僕は何の感情も湧いてこないことに驚き、戸惑ったことを今でもはっきりと憶えている。

母親の話題はこの家では誰もが避けていた。僕は幼い頃、母親について祖母に尋ねたことがあった。祖母は「大介のお母さんはお婆ちゃんだ」と言って、僕を強く抱きしめた。その時以降、「おかあさん」という言葉を口にするのをやめた。

小学校の頃から、僕は父親からも母親からも望まれなかった子供なのだと、結論づけてきた。

会議を終えて席に戻ると、デスクの上に一枚のメモが置かれていた。

「上野義男様よりTEL、六時過ぎに掛け直します。五時六分　西川受」

心当たりのない男からだった。何かの勧誘の電話だろうと、メモをゴミ箱に放り投げた。それを見ていたのか、電話を受けた西川留美が僕の席までやってきた。

「上野さんって方、ご存じじゃないんですか？」

「まったく知らない名前だ。保険か何かの勧誘じゃないのかな。また電話が掛かってきたら出かけてるって言っといてくれよ」

「なんとなくなんですけど、営業マンとは違うタイプの話し方でしたよ。少し年配の方のように思いました。用件を伺ったんですけど、しばらく無言のまま迷っていたようで、少し経ってから、本人に直接話す内容だからと言って、何もおっしゃらなかったんです。それから、川上さんが確実に席に戻るのは何時頃かって聞かれて」

「わかった。じゃ、今度掛かってきたら出るよ」

伝言メモの通り、六時を少し回った頃、上野という男から電話があった。

「川上大介さんでしょうか?」

「どういったご用件でしょう」

「長野県安曇野市穂高有明ご出身の川上大介さんに間違いないですか?」

「そうですけど、何なんですか、あなたは。何かの勧誘だったら切りますよ」

「あなたのお母さん、中沢麻子さんのことで、どうしてもお知らせしなければいけないことがありまして」

上野は、僕の母親の妹の夫、つまり義理の叔父にあたる人物だという。彼は、僕の実の母親が衰弱しきった状態で入院中であり、いつ亡くなるかわからない状況だと説明した。

「麻子さんがご存命のうちに、あなたと会って直接話がしたいんですが」

「その必要はありません。私はその方を母親だとは思っていませんから」

思わず、周りの同僚に聞かれたくないと、僕は辺りを見回した。

「面倒なことになると心配されるのは当然です。麻子さんのことは、最後の最後まで、我々夫婦で面倒をみます。あなたに負担をかけることは一切考えていませんから、何も心配することはありません」

上野が発した「たった一人の血を分けた子供なんですから」という言葉に一瞬心を動かされそうになった。僕は一呼吸おいて、はっきりと面会を拒絶した。今さら会って、何が変わるというのか。二十数年の歳月を取り戻せるわけじゃない。

僕はなぜ彼が僕の会社の電話番号を知っているのか疑問を感じて問い質した。数年前に母親の状態が厳しくなった時、安曇野の祖母に僕の同級生を偽って電話し、勤め先を聞き出したのだという。

「万が一の場合には、連絡させてもらいます」

しばらくの沈黙の後、上野の声が聞こえてきた。

「明日は土曜日でお宅の会社は休みだと思います。万が一の時にだけ電話しますから、自宅か携帯の番号を教えてください」

僕は携帯番号を教えた。

受話器を置こうとして、電話を握っている自分の手が不規則に細かく震えていることに気づいた。手のひらには、うっすらと汗が滲んでいる。

「冗談じゃない。今頃になって」一人ごちた。

チカチカと不規則な光を放っている天井の蛍光灯が気になった。先ほどまで気付かなかった照明の不具合がやたらに気に障る。

帰り支度をしてエレベーターホールで次の下りが来るのを待っていると、西川留美が近づいてきた。

「お疲れ様です。大丈夫ですか？」

「何が？」

「顔色がよくないようですが、どこかお体の具合でも」

「なんでもないよ。光のせいじゃないか」

このままだと、駅まで一緒に歩くことになる。上野からの電話を取り次いだ留美と会話するのが面倒だった。僕は忘れ物を装い、その場を外した。

会社を出ると、夕陽が乱反射しているのか、街の風景は捉えどころのない光に覆われ、不思議な空間が広がっていた。道を歩く人々の存在感が稀薄に見える。遠くの高層ビルが揺れているように感じた。

甲高い叫び声が聞こえてきた。

「いい加減にしなさい。我儘ばっかり言ってるんなら、そこで一人で泣いていなさい。ママ、知らないから」

若い母親が男の子を叱っている。子供は三歳くらいか。母親は男の子を置き去りにしたまま歩き始めた。子供は母親の動きを目で追いながら泣き続けている。母親が立ち止まり、振り向くと、子供は全速力で母親に向かって走る。母親は男の子を抱き上げ、頬ずりしている。こんな親子のやりとりを見ていると、なんだかやりきれない気持ちになる。幼い頃の自分の記憶の中に生き生きとした母親が出てくることがないためだろうか。

母親に甘えた記憶がない。叱られた記憶もない。かろうじて僕の記憶に残っている母親は、いつもうつむいたまま、上目づかいにこちらを見つめていた。

恵比寿の駅は待ち合わせの人たちでごった返していた。週末の夕方のためか大勢の人が集まってきていた。仕事帰りのサラリーマン、ＯＬ、学生たちに混ざって、きちんとした身なりの子供が母親に連れられ、誰かを待っている。仕事を終えた父親と合流して夕食を食べに行くのだろうか。

このまま、妻の待つマンションに帰ってはいけないと思った。朝、僕に妊娠を告げた亜紀は、きっと夕食に僕の好物を用意して、帰宅を知らせるチャイムが鳴るのを待っているだろう。そんな場所に笑顔で帰るためには気持ちの整理をつけておくことが必要だ。少なくとも、妊娠したばかりの亜紀に不安を抱かせるようなことをしてはいけない。気持ちを切り替えられる場所はないだろうか。そうだ、久しぶりに中野新橋に行ってみよう。

地下鉄丸ノ内線沿線の中野新橋に住んでいたのは、就職して二年目くらいまでだった。この街を離れて五、六年になるだろうか。そこにはなじみの小料理屋「つかさ」があった。女将の陽子さんと話していると不思議に気持ちが落ち着いたものだ。店はまだ残っているだろうか。

駅を出て商店街の中ほどにある小路に入ると、あの頃と変わらない、白地の暖簾《のれん》が出ていた。

割烹着姿の女将は、あの頃とちっとも変わっていなかった。店に入った瞬間には僕だと気づかなかったようだが、すぐにその顔に光が射した。そろそろ五十近い年齢のはずだが、大きな目を見開いたその笑顔は、彼女を十歳くらい若く見せる。

「ご無沙汰です」

開店したばかりのためか、客は奥のテーブルに一組だけで、僕はカウンターを独占することができた。

「驚いたわ、突然ニュッと現れるんだもの。すっかり立派な社会人ね。元気だった？」

曖昧な返事を返すと、女将はじっと僕の目の奥を覗き込んだ。

「なんかあったんだ」

「そういうわけじゃないけど」

僕はビールを飲みながら、上野からの電話で聞いた母親のことを話した。そして、誰かに聞いてもらいたかったのだという自分自身の気持ちを確認していた。

「お母さんって、中学生の頃亡くなったって言ってたわよね、学生の時。麻子さんって、亡くなっていると大ちゃんが思ってた方？」

女将は、昔話したことをよく憶えていた。

「本当はね、あの頃も母親がどこかで生きているらしいってことは、なんとなく勘づいていたんだ」

胸の中に溜まっていたわだかまりを淡々と吐露することができた。彼女は僕の目を見つめながら黙ってじっと耳を傾けている。

「今さら会ったってしょうがないさ」

そう言った瞬間、胸ポケットの携帯が振動を始めた。表示された電話番号は見たことのない数字の羅列だった。

「例の人からじゃない？　出なくていいの」

女将が言った。

携帯は十回振動を繰り返して止まった。

「いらっしゃいませ」

彼女は入ってきたテーブル客の応対に向かった。するとまた、手元に置いた携帯が振動を始めた。ディスプレイには先刻と同じ電話番号が表示されている。

母親が死んだ。僕はそう確信した。

麻子という僕の母親は五十歳くらいだろうか。目の前で忙しそうに動き回る女将とちょうど同じくらいのはずだ。僕は震え続ける携帯電話から目を背けて、焦点の定まらない視線をテーブル客に応対する彼女に向けていた。

今度は留守番電話への録音を始めたようだ。僕は携帯の画面を睨みつけた。斜め後ろから若い男たちの白々しい笑い声が聞こえてくる。きっと、上司のつまらない冗談に、作り笑いの部下がわざとらしい声を上げているのだろう。

「何か連絡してきたんじゃない？　聞いてみた方がいいんじゃないの」

いつの間にかカウンターの中に戻っていた女将が、注文していない冷酒のグラスを差し出してきた。口に含むと一瞬で花の香りが鼻孔に広がった。

「田酒《でんしゅ》の純米大吟醸。久しぶりだからサービスよ」

「旨い」

グラスの酒を飲み干してから、意を決して留守電にアクセスした。

「夕方、会社に電話した上野です。誠に残念なお知らせです。中沢麻子さんが今日の午後七時前に亡くなられました。葬儀は家族葬で行う予定ですが、日時、場所等はこれから決定します。私の妻、京子、つまり、麻子さんの妹ですが、京子は大介さんに最後のお別れだけはしてほしいと言っています。その時にいろいろお話ししたいことがあるようです。大介さんが動きやすいよう、できるだけ、明日土曜日の通夜、日曜日告別式で調整したいと思っています。詳細は明日の午前中までには連絡します。以上です。繰り返しになりますが、私は麻子さんの義理の弟にあたる、上野義男です」

しばらく発信音を聞き続けていた。自分がその時どんな表情をしていたか、僕は知らない。女将の声で我に返った。

「大丈夫？」

僕は混乱していた。

「子供ができたんです。今朝、嫁さんが言ってました」

「おめでとう。今の電話、奥さんから？」

「いえ、母親が死んだそうです。ほんの一時間ほど前」

「まあ、なんて言ったらいいか」

「大丈夫。もともと僕には母親なんていなかったんだから。明日が通夜、明後日告別式の予定だって、さっき話した上野さんって人が知らせてくれたんです」

「出るんでしょ？　お葬式」

「行っても仕方ないでしょう。母親は僕を捨てたんだから。いまさら葬式に出たって。棺桶に向かって文句言っても始まらないし」

奥のテーブルから大声で「女将」と呼ぶ声が響いてきた。彼女は空になった僕のグラスに二杯目の田酒をなみなみと注いでから、奥のテーブルに向かった。

僕は二杯目の酒を飲みながら、屋敷林に囲まれた暗い安曇野の家を思い出していた。あれは中学生の頃だ。多分、昼間学校で家族について取り上げられた日だった。祖父母との間で決して触れることのなかった僕の母親について、思い切って問い質してみたことがある。夕食の時だったのだろうか、電灯に照らされた柱がつやつやと黒光りしていた。

「お前の親父も死んだ。お前は、爺ちゃん、婆ちゃんを本当の両親だと思って生きていくしかないんだ」

祖父はそれしか言ってくれなかった。僕は食い下がった。母親が生きているのか死んでいるのか、それだけでも教えてくれるように頼んだ。

祖父は天井を見つめながらしばらく黙り込んでいたが、大きく咳払いをすると、僕の目に視線を合わせた。

「生きているらしい。それ以上のことはわからん」

祖父はそう言うと立ち上がり、奥の座敷に引っ込んでしまった。母親が生きている。それを聞いただけで僕は有頂天になった。生きているなら会えるかもしれない。

僕はなおも食い下がり、祖母の目を正面から見据えて親のことを尋ねた。祖母は初めのうちは作り笑いをしながら誤魔化していたが、やがて耐えられなくなったのか、最後に聞きたくなかった言葉を吐いた。

「アルコール中毒で廃人のようになっているの。だからお前を育てられなかったのよ。母さんのことは忘れなさい」

そう言い残すと祖母も奥の座敷に引っ込んでしまった。奥の座敷から二人の言い争う声が聞こえてきた。

「お爺ちゃんが、生きてる、なんて言うからしょうがないじゃないの。そんなこと言うんなら、お爺ちゃんから『お前の母さんは死んだ』って言ってくれればよかったじゃない」

その日から、二度と母親のことを尋ねるのをやめた。心の中に生き続けていた母親を、僕はこの日殺した。

育ててくれた祖父も祖母も、もうこの世にはいない。

「ねえ、行くんでしょ、お葬式」

いつの間にか女将が戻ってきていた。

「多分、行かない」

しばらく沈黙が続いた。

彼女は、何かを決心したかのように小さく頷くと、「おごりだから」と言って田酒の三杯目を僕のグラスに注いだ。

「ねえ、聞いて。あなたも大変な思いをしてきたと思う。だけどねえ、お母さんもきっと大変だったと思うわ。私も昔、いろいろなことを経験してきたから、わかるの」

何かを噛みしめるように彼女は語り始めた。

「自分のお腹を痛めて産んだ子供に会いたくない母親なんていないのよ。母親ってものはねえ、自分の命と同じくらい、自分の子供を大切に思っているものなの。あなたのことをお母さんが忘れるわけないじゃない。だからこそ、お母さんの妹さんがあなたに何かを伝えたいって言ってるんだと思うわ。あなたがお母さんのことを許せないって気持ち、当然だと思う。アル中だなんて言われたんですものね。だけど、なぜお酒に負けちゃったのかしら。妹さんから聞いて、確かめた方が大ちゃんのためにいいと思う。確かめた上で、大ちゃんがお母さんのこと許せないんなら、それはそれで気持ちがはっきりするじゃない」

僕は彼女の唇の動きを見ていた。時々下唇を噛みしめ、そこには後悔の表情があった。彼女が自分自身のことを語っているのだと思った。

「今夜一晩ゆっくり考えてみるよ」

店を出て駅に向かうと、商店街の多くの店はすでにシャッターを下ろし、通る人もまばらになっていた。中野新橋の駅に入ろうと階段を降り始めた時、携帯が震動を始めた。僕はメッセージが録音されるのを待って留守電を聞いた。

「上野義男です。通夜と葬儀のスケジュールが決まりましたので連絡します。通夜は明日土曜日、午後六時から。葬儀は日曜日、午前十一時から。何れも場所は埼京線、中浦和駅から二、三分のところにある『みずべホール』。別所沼公園の入口近くにありますので、駅で聞いてもらえばすぐにわかるはずです。参列者は私の家族だけです。あっ、ちょっと待ってください。女房に代わります」

間を置くことなく、女性の声に代わった。

「もしもし、上野京子と申します。あなたのお母さんの妹です。憶えていないと思いますが、大介ちゃんが赤ちゃんの時には毎週のように会っていました。どうしても、姉、麻子について大介ちゃんにお話ししたいと思っています。待っています。『みずべホール』に来てください。以上です」


自宅のマンションに戻ったのは十時を過ぎてからだった。

「ずいぶん早かったじゃない」

出迎えた妻の言葉には棘があった。

「今日こそは真っ直ぐ帰ろうと思ったんだけどね、部長にどうしてもつき合えって言われちゃってさ、断りきれなかったんだよ」

できるだけ明るい声で答えた。

ダイニングテーブルの上には、すき焼きの支度がされたままになっていた。僕の好きな料理を準備して待っていた亜紀に、心からすまないと思った。

「お、すき焼きだ。食おうぜ」

「無理して食べなくたっていいよ。何か食べてきたんでしょ」

僕は本当に空腹を感じていた。考えてみれば、「つかさ」では、お通し以外の食べ物を口にしていなかった。つまみを注文する余裕すらなかったのかもしれない。

「お前、何も食べずに待ってたの?」

「八時頃、急にお腹が空いておにぎり一つ食べた」

彼女が想定した時間より大分遅れたが、二人ですき焼き鍋をつついた。いつもは肉を二、三枚しか食べない妻が、今夜はずいぶん積極的に牛肉ばかり頬張っている。じっと見つめる僕の視線に亜紀が気付いた。

「私じゃないよ。お腹の赤ちゃんがもっと食べたいって言うんだもん」

「男の子かな」

「最近は女の子の方が食べるかもよ。肉食系女子って言うし」

ソファーのテーブルに『たまごクラブ』が置かれている。亜紀は母親になる準備を着々と進め始めている。

「俺、男だからよくわかんないけど、お腹の中にいる時から赤ちゃんってかわいいもんか?」

亜紀は嬉しそうな表情になった。

「妊娠する前はわからなかったんだけどね、不思議な感覚なの。二つの命が私の体の中にいるんだな、って感じ」

「そういうもんか」

「今まで感じたことのない気持ち。これが母性っていうのかな、何があってもこの子を守りたいって思うの。頭だけじゃなくて体全体で感じるの。男の大ちゃんにはわからないでしょうね」

亜紀の言葉を聞いて、僕は今日の出来事を妻に話さなければいけないと思った。妻には結婚前、父親が離婚して、その後の母親についてはわからない、とだけ言ってあった。

亜紀は頷きながら黙って僕の話を聞いていた。昔、祖母から聞いた話、母親がアルコール中毒で廃人のようになっていたかもしれない、ということも隠さずに話した。亜紀は目を逸らさずにしっかりと受け止めてくれた。

「で、どうするの？　明日」

僕は曖昧な言葉を返した。

「行ったら、もしかすれば辛い思いをするかもしれないわよね」

「そうだな」

「でも、明日行かなかったら、一生後悔するよね。だって、お母さんが大ちゃんを産んでくれなかったら、あなただけじゃなくて、お腹の赤ちゃんもこの世にいないのよ」

妻が発したこの一言で僕の気持ちが固まった。僕に、いのちを与えてくれた母親は、自分自身にとって、そして生まれてくる子供にとって、何ものにも代えがたい存在なのだ。なんだか、たった一日で亜紀が逞《たくま》しい母になったような気がした。

中沢麻子という人は、自分にとっては義母にあたる人だから一緒に行こうか、と彼女は言った。

僕は妻のこの申し出を断った。


翌朝目覚めると、外は雨模様だった。昼近くに雨が上がると、大陸の高気圧が張り出してきたのか、午後には抜けるような青空が広がってきた。日が少し西に傾いてきた頃、僕は新宿駅から埼京線に乗った。荒川の鉄橋を渡り、戸田のボートコースを過ぎたあたりで、突然、西の遠景に富士山が現れた。冬には関東からもはっきりと見える日が多いが、初夏にこんなにくっきりとした富士山を見るのは初めてかもしれない。シルエットのように真っ黒な富士山は、通り過ぎるマンション群の間に見え隠れしながら、下車する中浦和駅まで僕に寄り添ってきた。

改札で駅員に尋ねると、「みずべホール」への道順をすぐに教えてくれた。駅を出て左に三分ほど歩くと、目的の建物の前に出た。上野からの伝言の通り、公園の池のほとりに建っていた。

周囲一キロほどの池を背の高いメタセコイアの並木道が周回している。地元の人たちの格好の散歩コースとなっているらしく、午後六時近くなっても汗をかきながらジョギングをする人、犬を連れてゆっくりと散歩する人、仲の良さそうな親子、皆、池を中心として反時計回りの方向に規則正しく歩みを進めている。

この公園を訪れたのは初めてのことだ。おそらく今回のような出来事がなければ、一生訪れることのなかった場所だろう。

別所沼公園という名前から、沼の周りに葦原が広がっている、そんな日本的な風景を想像していた。しかし、外来の針葉樹を中心とした植生のためか、公園全体が西欧的な雰囲気を漂わせている。この場所には、東京近郊の土曜日の夕刻を象徴するかのような、ゆったりとした時間が流れている。

開始時刻まで、まだ二十分ある。僕は小さな建物の前を通り過ぎ、人々の流れに沿って、反時計回りに池の周りを一周してみることにした。

並木道は、僕が生まれ育った安曇野の杉林を連想させる。安曇野の杉の葉は暗い緑色をしていたが、この公園の木々の葉は淡い黄緑色で明るい。木の高さは育った家の屋敷林と同じくらいか、いや、もっと高いかもしれない。

池の対岸まで歩いてきた。長く伸びた木々の影が、水面を二つの表情に分けている。池の向こう側から射してくる西陽が、手前半分の水面だけに煌《きら》めきを与えている。その奥は暗く動かない。まさに光と影。

縁もゆかりもないこの場所を訪れることになろうとは、昨日の時点まで夢にも思わなかった。

建物の前に戻ってきた。中に入ると、入口のソファーに中年の女性が一人座っていた。僕の顔を見るとその女性は胸いっぱいに大きく息を吸い込み、すぐに立ち上がった。

「大介さんよね」

その人が叔母の京子であることは、すぐにわかった。幼い頃、確かにこの人と過ごしたことがある。隠れていた断片的な記憶が蘇ってきた。

「川上大介です。このたびはご愁傷様です」

彼女も深々と頭を下げながら「大介さん、ご愁傷様です」と言った。確かに血縁からみれば、故人にいちばん近いのは自分なのだ。

「よく来てくれたわね、本当にありがとう。こんな席で再会することになるなんて」

大粒の涙が彼女の目からぼろぼろと溢れ出した。

「私は麻子の妹の上野京子です。あなたからみると叔母にあたります」

「ご無沙汰しております。いろいろとありがとうございました」

どんな言葉がこの複雑な場に相応《ふさわ》しいのかわからないまま、自然に頭に浮かんだ言葉を声にした。

「京子、時間だ」

奥の部屋から導師と共に出てきた男が叫んだ。この人が電話をくれた上野義男という人だろう。僕の姿を認めると、導師に何かを囁き、僕に向かって走ってきた。

「よく来てくれました。電話を掛けさせてもらった上野です。この度はこんなことになりまして、ご愁傷様です」

「いろいろありがとうございました」

「話は後からということで、お導師様がお待ちですから、とりあえず会場の方へ」

上野に促され会場に入った。家族葬用の狭い部屋には、たった一人、若い娘が座っているだけだった。多分、この夫婦の娘だろう。それにしても、家族葬とはいえ参列者が僕を含めても四人だけとは、あまりに寂しい通夜だ。

最前列に四人が着席し、読経が始まった。正面の遺影に目を遣った時、思わず声をあげそうになった。そこに掲げられていたのは、その昔、僕に微笑みかけていた二十代の頃の母の写真だった。

僕が育った安曇野の家には母親の写真は一枚もなかった。僕は、おぼろげに記憶の中に残っていた母親のイメージを頭の中で映像に移し替えていた。目の前の写真は、僕が作り上げていた映像が、現実のものであるかのように心に訴えかけてくる。

どこかに隠されていた記憶が次々と頭に浮かんでくる。優しかった母、柔らかだった母、幼い僕にとって絶対的に大きな存在だった。あの頃の母親との日々がぐるぐると頭の中を駆け巡る。堪えようしても涙がこみ上げてくる。

「大介さんから」

隣に座っている京子から焼香を促された。

「そんな」

「あなたは麻子が血を分けた、いちばん大事な人」

僕は焼香台に向かった。白い布で覆われ横たわる母の向こうに掲げられた写真は、今の僕より若いのかもしれない。初めて間近で見る写真の母は、まだ幼さの残る、ふっくらとした顔をして、優しく微笑んでいる。「綺麗な人だ」正直にそう思った。僕は長いこと、写真の母親と対面していた。

気がつくと焼香するために京子が立ちあがっていた。彼女とすれ違う時、なんて似ているんだろう、と不思議に思った。彼女の顔は、写真の母親がそのまま歳を重ねた顔としか思えなかった。よく似た姉妹なんだ、とその時はそれ以上のことは考えなかった。

次に焼香する上野は、本当に実直そうな人だった。僕はこの時、彼が電話をくれたことに心から感謝した。

最後に焼香台の前に立った娘は二十二、三歳だろうか。写真の母親と同じくらいの年齢だ。彼女の目元、口元が母親によく似ている。

読経が終わり、導師を送ると、部屋には四人だけが残された。僕らは互いに自己紹介し合った。娘さんは絵里香といった。彼女は大学四年生で、来春からキャビン・アテンダントとして、ＡＮＡに就職が決まっているのだという。

絵里香が言った。

「遺影の写真、若くて驚いたでしょ。あれしかなかったの。伯母さん、絶対に自分の写真を撮らせなかったから」

「そうなんですか。それとももう一つ、あの写真、あなたのお母さんとそっくりですね」

「知りませんでした？　うちの母と麻子伯母さんは一卵性の双子なんですよ」

驚くと同時に、抱いていた疑問が解消された。

「麻子さんとご対面しますか？」

遺体の近くで上野が言った。

「待って、大介さんにいろいろ話した後の方がいいわ」

厳しい口調で京子が制した。なぜ彼女がそんなことを言うのか、その時はまったく理解できなかった。

別室に移り、四人で寿司をつまみながらビールを飲んだ。僕たちは互いにあまり深入りしない話題を探しながら時を過ごした。

「絵里香、二人で麻子さんのお線香番をしにいこう」

上野さんが言った。

「そうね」

あらかじめ、家族で取り決めをしていたかのように、二人は部屋を出ていった。

残された僕たちは、しばらく沈黙していた。京子は唇を噛みしめている。

「どこから話そうかな」

彼女は、静かに母、麻子の過去を語り始めた。

「麻子と私は一卵性双生児で、他人はそっくりだって言ってたけどね、結構、性格は違ってたの。私は一人で突き進む方だったけど、麻子は他人のことをずいぶん気遣うタイプだったわ。麻子の子供の頃からの夢はスチュワーデスになること。そんな麻子はね、大学四年の時に日本航空に就職を決めたの」

「というと、キャビン・アテンダントですか?」

「あの頃はスチュワーデスって言ってたけどね。小さい頃からの麻子の夢が実現しかかっていたの。あと、もう少しで。でも、その頃麻子には付き合っている人がいたの。それがあなたのお父さん」

「そうなんですか」

「クリスマスの前だったかな。麻子の妊娠がわかったの。それがあなた」

「学生の時だったんですか」

「二人共ね。それからが大変だった」

京子は、その先をどう話せばいいのか躊躇しているようだった。

「何を聞いても大丈夫よね」

「もちろんです」

「二人とも学生だったから、川上さんの安曇野のご両親が、学生結婚には絶対反対だったの。子供を堕《おろ》しなさいって迫ってきたわ。子供を堕して、就職してから結婚すればいいって、何回圧力を掛けられても、あの時麻子は頑として受け入れなかった。この子は私が守るって言い張って。その時点でスチュワーデスになる夢は捨てたの」

「安曇野の爺さんたちが、赤ん坊を、つまり僕を堕せって迫ったんですか」

「ごめんなさいね。あなたを育ててくれた方たちですものね。あの頃の麻子は一人でもあなたを育てる決心をしてたのよ。安曇野のご両親も麻子の決心を知って、結婚を許してくれた」

「それが、なぜ？」

「しばらくは幸せな新婚家庭だったわ。でも、あなたが四歳くらいの時かな。お父さんに好きな人ができたの」

「浮気したんですか」

「浮気っていうより、真剣になっちゃったの。浮気だったらよかったんだけどね、真剣になると手におえないわ。その頃、あなたは安曇野のご両親になついていたし、あの人たちにとっても初孫だったから、目に入れても痛くないほどかわいがっていて。だから、あんなことになっちゃったの」

「あんなことって？」

「原因は、麻子が辛さをお酒で紛らわそうとしたことなんだけどね。旦那さんが帰ってこない日には、深夜からお酒を飲むようになっちゃったのよ」

「アル中ですか」

「その頃はまだ時々飲む程度だった。苦しさから逃れたかったのね。でも、たまに深夜から深酒してしまうことがあった。ちょうどそんな日だったのよ。午前中からお酒の匂いをさせている麻子の前に、突然、安曇野のご両親が訪ねてきたらしいの」

その直後から離婚協議が進められたらしい。川上側は、父親がほかの女性と親しくなった原因も、母親の常習的な飲酒癖にあったと主張した。やがて親権を争って裁判になった。川上家の跡継ぎである僕を手放したくない安曇野側の弁護士は、意識的に母親の人格を否定することを訴え、ゆさぶりをかけてきたらしい。母親は取り乱し、ますます自分の立場を不利にしていった。そして、彼女は親権を失い、僕は無理やり母親から引き離されたのだという。

僕の脳裏には、冷え切った通路に裸足のままうなだれ、拳をコンクリートに叩きつけている母の姿が蘇ってきた。あの時僕に目を向けなかったのは、苦しくて僕を見られなかったのかもしれない。

当時、母親の両親も、妹の京子も、精神的に不安定で崩れてしまいそうな母を支えることに必死だったという。

「あなたが安曇野にいると知った麻子は、何回も安曇野の家を訪ねたみたい。でも、会わせてもらえなかった。あなたと会えない絶望感から麻子は何度も自殺を図った。でも、死にきれなかった。その頃の麻子は、もう正常な判断力も、自制心も失《な》くしてしまっていたの。またアルコールに逃げてしまった。そんなことを続けているうちに、本当の依存症になっていった。ひどかったわ。死ぬためにお酒を飲んでいたみたい」

当時、母親は金沢の両親の家に引き取られていたが、両親の目を盗んで強い酒を何本も買ってきては自分の部屋に引きこもっていたらしい。

「金沢に帰るたびに何度も麻子と話し合おうとしたわ。でも、駄目だった。何を言っても責められているとしか感じられなかったみたい。麻子はただ謝るだけだった。そしてまたお酒に逃げてしまったの。お酒をやめさせるには、もう縛りつけておくしか方法がなくなっていたの」

そんな生活を続けているうちに彼女は身体だけでなく、精神にも異常をきたして、アルコール依存症の専門施設や精神病院への入退院を繰り返していたのだという。

「退院すればお酒。どんどん体を蝕んでいった。麻子は自分を責め続けて、生きようとする気持ちを捨ててしまった。私にも痛みが伝わってきた。何とかしてあげたかったけれど、どうすることもできなかった」

金沢の両親が亡くなった後、上野夫妻が母親を埼玉の施設に移し、面倒をみてきたのだそうだ。二十年にわたる凄惨極まる生活の中で、母は自虐的に自分の心と体を徹底的に痛め続けたと、流れる涙を拭こうともせずに京子は語った。

「僕と引き離されたことがそんなに」

「何もかも失くして、早く死にたかったみたい」

僕はやり場のない気持ちに、大声で叫び出しそうになった。叫びを堪えていると、止めどなく涙が溢れ出してきた。もし、僕を妊娠した時に、僕の命を救わなかったなら、彼女はキャビン・アテンダントとして明るい笑顔を振りまきながら世界中を飛び回っていたのだ。それに対して、実際に彼女が辿ったのは正反対の、救いようのない絶望の日々。いったい、どこで間違えたんだ。僕を産まなければよかったとでもいうのか。

堪えていた嗚咽《おえつ》が溢れ出してきた。僕は、まるで子供のように、泣き出してしまった。泣きながら、僕は思い出していた。こんな風に泣き叫ぶのは、母親と引き離された、二十年以上前の、あの日以来だと。あの時から、泣くことを諦めて生きてきたことに気づかされた。

「ごめんなさい。こんな辛い話を聞かせてしまって。ただ、あなたにだけは知ってほしかったの。麻子は心からあなたを愛し続けていた。誰よりもあなたを大切に思っていた。それだけはわかってほしい。本当に悔しくて残念なことだけど、あなたと引き離された麻子はあまりにも脆《もろ》かった」

京子の声は涙声だった。なぜ、今日、彼女が母親の二十数年間を僕に話さなければならなかったのか、痛いほどわかった。僕は冷静さを取り戻していた。

母親の死因について聞いていなかったのを思い出し、尋ねた。

「死亡診断書には（ア）の欄に『多臓器不全』、（イ）の欄に『アルコール性肝炎』と書かれていたわ。先生が言うには、臓器全体が栄養分の取り込みを拒否してしまったんですって。老衰。若いから老衰なんて書けないけれど、老衰と同じ死に方ですって」

「でもまだ五十歳くらいでしょ。そんな歳で老衰なんて」

「四十九歳。そこまで体を蝕み続けたのよ。長い時間をかけた自殺ね。悲しいけれど」

「四十九の老衰」

「ショックを受けるかもしれないけれど、会ってあげて」

まるで、この部屋での会話の進行具合を測っていたかのように上野さんが戻ってきた。

「話は終わったかい。そろそろ大丈夫か？」

遺体の顔を覆っている白布を取り去った瞬間、僕は言葉を失った。

そこに横たわっていたのは、白髪の老婆だった。その姿は僕の想像をはるかに超えていた。痩せこけ、皺だらけの顔は、皮膚の下にある頭蓋骨の輪郭をそのまま見せつけている。九十歳を超えた老婆だと言っても誰も疑わないだろう。隣にいるふっくらとした顔つきの京子と、一卵性双生児だといったい誰が信じるだろう。

「麻子の姿があまりにも変わってしまったから、あなたには麻子と会う前に、あんな話を聞いてもらったの。でも、安らかな顔してるでしょう？」

表情を読んだ。安心したかのような顔で眠っている。

「やっと死ねたって言ってるみたいでしょ」

目に涙をいっぱいに溜めながら京子が呟いた。

「いちばん大切な大介ちゃんに会えたから、麻子、さっきより笑っているみたい」


僕は「みずべホール」をあとにして、夜の公園に再び足を踏み入れた。夕方、ここに来た時とは反対に、今度は時計回りで、水辺の周回路をゆっくりと歩いた。暗闇の中、オレンジ色の街路灯が細い並木道を柔らかく浮き上がらせている。暖かく、穏やかな光だ。辺りに人影はない。静寂が僕の体内にまで入り込んでくる。

いる。

「ホホー、ホホー」

真上から誰かを呼ぶような声が聞こえる。野鳩だろうか。

上に目を遣ると、木々の間に一文字に開いた天空の彼方から、星たちが微かな白い光を放っている。

今日、この場所に来て本当によかったと思った。今まで僕が生きてきた二十数年間という時の流れの中で、欠落していた部分がしっかりと埋められたような気がする。

ようやく、僕の中にある時計が、正常に時を刻み始めた。

そういえば、昨夜亜紀が言っていた。

「行けば辛い思いをするかもしれないけれど、行かなかったら、一生後悔するよね」と。

明日の告別式には亜紀を連れてこよう。まだ世の中には出てきていないが、あなたの孫が間違いなくここで育ち始めていますよ、そう言ってやろう。

オレンジ色の柔らかな光が、曲がりくねった細い並木道をうっすらと照らしている。

ふと、薄明かりの向こうに誰かの息づかいを感じたような気がした。

ゴールドの季節

一、不本意ながら群集劇の観客となった、横山さんの場合

さいたま新都心駅の改札を抜けると、そこには高層ビルが林立する無機質な空間が広がっていた。この先の広場まで行けば、目的地のさいたまスーパーアリーナが目の前に現れるはずだ。威容を誇る巨大建造物を前にして、横山は大きなため息をついた。

こんなところで演劇の公演なんて馬鹿げている。ましてや年寄りばかり千六百人も集めて群集劇をやるなんて、正気の沙汰とは思えない。

この公演は蜷川幸雄が本気で取り組もうとしたものらしいが、名声を得た老人演出家の我儘としか考えられない。おそらく、国際的大演出家の提案に対して、関係者は誰も異を唱えられなかったのじゃないか。出演者公募の最中に蜷川さんが亡くなったのだから、さっさと中止すれば、誰も文句を言わなかったはずだ。公演を中止さえしてくれていれば、俺もわざわざ埼玉まで来る必要はなかったんだ。

このアリーナでは三日前まで、錦織選手たちが出場する、プロのテニスリーグが開催されていた。四年後に開催される東京オリンピックのバスケットボール会場にも決まっている。こんな立派なスポーツ施設で、老人たちの自己満足としか思えない群集劇をやるなんて信じられない。

パンフレットを鞄から出してみた。演目はシェークスピアの生誕四百年にちなんで、ロミオと

ジュリエットをベースにして書き下ろされた「金色交響曲～わたしのゆめ、きみのゆめ～」。蜷川幸雄に代わって、台本の作者であるノゾエ征爾が演出も兼ねると書いてある。聞いたことのない名前だ。

この公演には大勢のプロの俳優も出演するらしいが、名前を見たことがあるのは二、三人だけだ。それに、こまどり姉妹が出るんだって？　もう八十近い年齢じゃないか。何で俺はこんなところに来る破目になっちまったんだ。

上司や先輩にノーと言うことができない自身の性格を悔やんだ。

横山が「1万人のゴールド・シアター 2016」の観客となるきっかけは、十月に東松山で行われた会社ＯＢのゴルフコンペに参加したことだった。

嘱託期間も含めたら四十年以上勤め続けた会社を定年となり、彼にとっては初参加となるＯＢ会のコンペだった。そこで、久しぶりに渡辺定雄と再会した。彼は横山が入社した当時、同じ課の先輩であり、マンツーマンの教育担当者だった。

コンペの後、渡辺に誘われて池袋の居酒屋に寄った。店は、会社帰りのサラリーマンでごった返していた。

「そうか、横山もついに定年退職を迎えたか。で、再就職したのか？」

「いえ、子供たちも独立したし、老後資金も何とかなりそうなんで、毎日が日曜日。サンデー毎日ですよ」

「奥さんは?」

「五年前に亡くしました」

横山の妻・夕子は、十年ほど前、乳がんの手術を受けたが、手術から三年後再発し、辛い闘病生活の末に亡くなっていた。同じ大学の一年後輩だった彼女は、学生時代、演劇研究会で主役を演じていた。

「そうか、明るくてかわいらしい人だったのにな。それは寂しいな」

「もう慣れました。一人暮らしも気楽でいいもんですよ。粗大ゴミだとか、うるさいこと言われないで済むし」

横山は精一杯強がってみせた。

「じゃあ、やりたかったことに思いきり集中できるってわけだ」

七十歳近い年齢にもかかわらず、渡辺は相変わらずエネルギッシュだった。

「特別にやりたいことがあるわけじゃないですからね、映画観たり、スポーツジムに通ったり、図書館行ったりで、なんとか毎日を過ごしてますよ」

「お前、まだ六十五だろ。せっかくなんでもできる時間を手に入れたんじゃないか。もったいない」

「いやあ、気楽がなによりですよ」

「お前、何かになりたいとかって夢はないのか」

「もう前期高齢者の仲間入りですよ。何かになりたいなんて……」

渡辺はプロのジャズミュージシャンを目指しているのだという。学生時代の仲間たちとバンドを再結成して、最近は高円寺辺りのジャズクラブで昼間の部に出演し始めたそうだ。夜の部に出演枠を確保するのが彼らの夢なのだと、目を輝かせながら話す。

「サックスはな、リードが付いてるから齢《とし》くってもできるんだよ。ペット吹いてる奴はさすがに辛いみたいだ」

「辛いって、肺活量ですか？」

「そうそう。七十近くなるとな、やっぱり体力は落ちてくるよ。奴は今、クラリネットに鞍替えしようと練習に打ち込んでる。俺たちのクインテットも編成替えだな」

嬉々として夢を語る渡辺の前向きな姿勢に、横山は驚かされた。羨ましいと感じると同時に、「年寄りの冷や水」という言葉が頭に浮かんできた。老後は静かに過ごすのがいちばんのはずだ。高齢者にとっては、安定した生活以上のものを求めること自体が、大きなリスクを負うことになる。

「無理してカッコつけるなよ、渡辺さん」

言葉には出せないけれど、そう言ってやりたかった。

「ああそうだ。十二月には蜷川幸雄さんが企画した、千六百人の高齢者を集めた群集劇に出るんだ」

「演劇ですか。ずいぶんいろんなことをやってるんですね」

「蜷川さんは亡くなられたけれど、作家のノゾエって奴が蜷川さんの遺志を継いで演出もすることになった。結構おもしろいものになるかもしれんぞ。十二月七日、暇か？　もし暇なら観に来いよ」

「そりゃ、おもしろそうですね。今のところ、特に予定は入っていないし、考えてみますよ」

翌々日、渡辺から公演のチケットが送られてきた。横山は話を合わせていただけのつもりだったが、今日、ここに来る破目になってしまったのである。


さいたまスーパーアリーナには想像を超える多くの人たちが入っていく。指定された席に着くと、七割方の座席にすでに観客が座っている。五千人？　いや、おそらく一万人近くの人たちが入っているだろう。

このアリーナに入るのは初めてだが、外から想像するよりもはるかに大きな空間が建物の中にあった。室内競技場としては日本最大級の施設だと聞いたことがある。バスケットコート四面は取れそうな中央の広いスペースが群集劇の舞台となるのだろう。

開演十分前ぐらいだろうか、何の前触れもなく老人たちが舞台上に現れ始めた。綿入れ半纏《はんてん》を羽織っている者、ジャージ姿の者、それぞれが無秩序に現れ、勝手なところに落ち着く。寝転がってテレビを見る者、食事を始めた集団、囲碁やカードに興じる者、中にはあてもなく徘徊を始めた老婆もいる。

気がつけば数百名に及ぶ老人たちが、恐ろしく巨大な老人ホームをつくりあげている。大きな歓声をあげながら「だるまさんが転んだ」で遊び始めたグループがある。芝居はもう始まっているのだろうか。

二、バージンロードのジュリエット役、悠子さんの場合

百数十人の草花たちが真っ直ぐのバージンロードをつくりあげた。バージンロードの先には、ローレンス神父に付き添われながら、ロミオ役の真一郎が所在なさそうに立ち竦《すく》んでいる。

悠子は真一郎に向かってゆっくりと歩みを進める。右足のあと左足を前に出すことを忘れてしまいそうだ。左右の足を等間隔で規則正しく前に送らないと歩みはぎこちないものになると、昨夜演出助手の真理さんから注意された。

「一心に真一郎さんの目を見つめながらゆっくり歩いていくの。旦那様と知り合った頃のことを思い出しながらね。悠子さんはこの場面では押しも押されもしない主演女優なんだから、自信を持って」

主演女優と言われたら悪い気はしないけれど、若い真理さんに私たち老夫婦の何がわかるっていうのよ。

真一郎の顔に視線を合わせる。目の表情までは見えないが、彼は落ち着かない視線をこちらに送っているのだろう。

この歳になって、純白のウエディングドレスを着るなんて気恥ずかしいと思ったけれど、実際に着てみると、何十年も忘れていたワクワクするような晴れがましい気分だ。頭につけたレースのベールが時々視線を遮る。昨日の舞台稽古の時はこのベールが邪魔だと思ったけれど、今日は一万人の無遠慮な視線から自分を守ってくれる盾《たて》のような気がする。

悠子が与えられた役は、このバージンロードを夫に向かって歩き、抱擁し合うことだけだ。杖なしで歩けない夫は、舞台中央に立って自分が到着するのを不安げに待っている。ローレンス役のハラ何とかさんっていうプロの俳優さんが、体の不自由な夫を支えてくれている。何のセリフも動きもなく、舞台の真ん中で待っているのは結構大変なのかもしれない。

悠子が、この群集劇への出演を夫の真一郎に持ちかけたのは四月のことだった。

「ねえ、折角だから出てみましょうよ。蜷川さん演出のお芝居に出られるなんて機会、二度とないわよ」

「馬鹿言うんじゃねえ、俺はまともに動けねえんだぞ。出演したけりゃお前ひとりで申し込め。俺はいやだ」

一年前に脳梗塞を患い、右半身の自由が利かなくなった夫は、朝夕のリハビリを兼ねた散歩以外には家を出ることがめっきりと減ってきた。人前に不自由な身体をさらすことに抵抗があるようだ。塞ぎがちな毎日を送っているせいか、八十四歳となった真一郎は、認知症の症状もずいぶんと進んできている。

散歩の時以外、一日中テレビを見て過ごす夫だが、学生時代にはW大の演劇研究会で活発に活動していた。別役実や鈴木忠志を指導した時代があったというのが、酒が入った時に繰り返される真一郎の自慢話だ。でも、偉そうに孫に昔の栄光を自慢しても、孫たちは別役も鈴木も知らないのだから何の反応もない。「ふーん」という一言で片づけられてしまう。あの子たちも夫のいつもの話にはうんざりしているようだ。

悠子自身も来年八十歳を迎える。その昔、新潟の女子高に通っている頃、友だちに誘われて文化祭の演劇部の舞台に立ったことがある。あれは確かイプセンの「人形の家」だった。舞台の上で感じた、お腹の下の方からきゅーっと締まってくるような緊張感が、今でもふとした折に蘇る。

今回、蜷川幸雄が計画して成し得なかった、この群集劇に応募したのには理由がある。何か新しいものに挑戦することで、夫の認知症の進行が止められるのではないかと思い立ったのだ。何かに挑戦することで、男は生き生きする生き物だと聞いたことがある。それを話してくれたのは若い頃の夫だ。何か挑戦できるもの。真一郎には芝居がいちばんだと思った。

夫の賛同が得られないまま、悠子は二人の名前で事務局に応募はがきを送った。一カ月後に送られてきた「合格」と書かれたはがきを、無言のまま夫の前に置いた。真一郎はしばらくはがきを見つめながら黙っていた。やがて顔をあげ、悠子の目をしっかりと見つめながら、はっきりとした口調で言った。

「やってみるか」


草花を演じているのは比較的若い女たちだ。中には六十を少し超えたばかりの若い人もいる。悠子が歩みを進めるとバージンロードをかたちづくっている草花たちが黄色い歓声をあげる。

ああ、スポットライトが眩しい。

今、この巨大な空間、さいたまスーパーアリーナの中で、自分と真一郎だけが強烈な光に照らされている。夫が脳梗塞で倒れ、後遺症が残った時、「なんで私たちばっかりこんな目に遭わなきゃならないのか」と思った。だが、今、夫と共にこの大きな舞台で輝いている。この芝居の出演者の中には、東北の震災で奥さんを亡くした人がいると聞いた。私たちは、なんて幸せなんだろう。

悠子は、日常生活の中に埋没していた張りつめた感覚を呼び起こしながら、真っ直ぐなバージンロードを歩んでいく。

真一郎の手前十メートルくらいのところまで近づいてきた時、思わず涙が溢れ出した。

正面で待つ夫が、目だけで精一杯の演技をしている。その眼差しは、脳梗塞で倒れて以来見せることのなかった、優しい、包容力に満ちた目だった。

三、恋人に寄り添って自害するロミオ役、山崎さんの場合

一気に毒薬を呷《あお》り、断末魔の叫び声をあげながら山崎は床に崩れた。ジュリエットに覆いかぶさるように倒れ込んだ山崎は、彼女の肩にそっと手を置いた。ジュリエットは動かない。彼女の押し殺したような息づかいだけが腕から伝わってくる。

山崎は観客から気づかれないように薄目を開けて辺りを窺った。視界に入ってくるのは、ボレロの曲に合わせて行進する無数の下半身だけだ。千六百人の人たちで作る渦巻の足音が、アリーナ全体に響き渡る。どんどんどん、どんどんどん、三拍子の規則正しい足音が外側から中心部に向かって迫ってくる。床から伝わってくる振動の強さが、渦巻をかたちづくる群衆と自分との距離を教えてくれる。

仮死状態のジュリエットがゆっくりと目を覚ました。倒れているロミオを目にして絶望の表情を天に向けているのだろう。ジュリエットの柔らかい指が首筋に触れた。ボレロの渦巻はなおも迫ってくる。公演は、間もなくクライマックス・シーンを迎える。

山崎がこの演劇公演への出演を決めたのは、新聞広告で「十二月七日公演」という文字を目にしたからだった。この日は亡き妻、裕子と初めて出会った日である。蜷川さん演出の芝居が好きだった裕子の供養になるのではないかと思い立って、「1万人のゴールド・シアター」事務局に

応募のはがきを送った。

裕子を失ってから、すでに五年以上の月日が流れていた。

山崎は大手建設会社で海外事業を中心に勤務してきた。定年間近、五十九歳を過ぎて、赴任先のアルジェリアから本社に転勤を命じられた。

本社に戻って三カ月ほど経った頃だろうか、ある日、海外事業本部担当の常務に呼ばれた。

「長年にわたる新興国でのご活躍、本当にご苦労様でした。山崎さんもあと三カ月で六十歳を迎えられるわけですが、その後のことはどのように考えられていますか」

常務はいつもとは違って、妙に丁寧な口調で語りかけてきた。

「まだまだ技術者として貢献できると思いますので、この先も会社で勤め続けたいと考えております」

「そりゃあよかった。実はね、是非とも山崎さんにお願いしたい仕事があるんですよ」

「と、申しますと?」

山崎は土木設計技師として三十年以上、新興国での仕事に従事してきた。いずれの仕事も、大都市からは遠く離れた土地での大規模な建設現場だったため、その都度、単身赴任を余儀なくされていた。この間、妻・裕子の住むさいたま市の自宅に帰るのは、夏休みと正月休みの年二回だけだった。イスラム圏の国々への赴任が多かったため、夏休みは自由に決めることができず、ラマダン明け休暇の期間と定められていた。

「山崎さんはよくご存じだと思いますが、当社の開発したインドのラジャスタン工業団地のゼネラルマネジャーを、是非とも山崎さんに引き受けてもらいたいと考えておるんですよ」

ラジャスタンは、デリーから車で三時間ほどかかる大規模開発の工業団地である。十年ほど前に、山崎たちのチームが建設に携わり、今では一万人近い工場労働者が勤務している。この工業団地の電気や水道等のインフラに関して山崎は熟知していた。常務の言う通り、ゼネラルマネジャーの職責に自分以上の適任者はいないだろう。

「わかりました。で、期間はどのぐらいを想定しておけばよろしいでしょうか」

「五年。了解していただければ、山崎さんには退職直前に当社の現地法人に転籍してもらいます。その後、五年間は退職時年収の六〇パーセント以上の報酬を保証します」

悪い話ではなかった。しかし、インドのラジャスタン州は妻帯同で暮らせる場所ではない。五年間インドに赴任するということは、再び裕子と別れ別れの生活をその間強いられるということだ。

帰宅して、インドへの赴任を了解したことを妻に告げた。彼女は一瞬暗い表情を見せたが、すぐに明るく応じた。

「私は大丈夫。一人の生活、もう慣れたから」

この夜、久しぶりに裕子を抱きしめた。彼女は二人の時間を慈しむかのように小刻みに息をしていた。

ラジャスタンに赴任して一カ月後、裕子が様子を見にやってきた。工業団地全体のインフラ管理現地責任者であるアショカが、運転手を兼ねてガイド役を買って出てくれた。彼はデリー大学で数学を専攻した秀才で、広い見識をもっていた。

裕子は、初めて接する異世界に興奮していた。タージ・マハルやアンベール城といった観光地でも目を輝かしていたが、彼女が最も興味を示したのは、現地に住んでいると慣れてしまう、当たり前の風景だった。

乾季の田んぼは無限に続く平原である。平原の中に煉瓦で造られた煙突だけが林立している。

「どうして田んぼの真ん中に大きな煙突が立っているの？　そこにも、あそこにも」

「煉瓦を焼いているんですよ。このあたりでは、田んぼの土を掘って、煉瓦を焼くんです。ほら、あそこで、掘った土を型に入れて煉瓦の形にして運んでいるでしょう。農閑期の彼らにとっては、とてもいい仕事なんですよ」

「本当。子供たちも働いているのね。でも、あんなに深い穴を掘ってしまったらお米が作れないじゃない」

「インド的なサイクルが解決してくれるんです」

アショカは丁寧に説明してくれた。

煉瓦を作るために掘った二メートルほどの深さの穴は雨季には大きな池になる。地元の人たちは池で蓮を育てる。蓮の花は先祖に供える花として珍重され、高値で売れる。蓮根もインドの人たちの好物である。こうして池は米以上の収入をあげる蓮池となる。数年経つと池は浅くなり、蓮を育てることができなくなる。すると人々はここに菱の種を蒔く。真っ黒な菱の実を潰すと、主食となる炭水化物が得られる。菱を育てて何年か経つと、池は埋まり、また米作りができるのだという。

「雨季には田んぼ全体が水に浸《つ》かって、米作りもお休みですからね。その間に別の作物を作って、何年かすると田んぼに戻る。これがインド流の循環ですよ」

アショカの話に納得した裕子は、街に入ったあたりで、自由に歩き回る牛が気になったようだ。

「ねえ、アショカさん、あの牛たちには飼い主がいないんですか？」

「いません。すべての束縛から解放され、悠々自適な毎日を送る牛たちです」

「悠々自適の牛たち……悠々牛って呼んでもいいかもしれませんね」

ヒンドゥー教の人々は牛を大切にする。乳の出なくなった雌牛、力を失い労役に耐えられなくなった雄牛、彼らは解き放たれて悠々牛になる。人々は市場の脇に野菜くずを積み上げ、牛たちの餌場にする。牛たちは好きな時間にここに来て食事し、街の中を自由に歩き回ったり、道の真ん中で寝そべったりしている。牛が車の邪魔になると、インドの人たちはけたたましく警笛を鳴らしながら、牛が道をあけるのを気長に待つ。だから街の中はいつも渋滞し、騒々しい。

牛たちはストレスのない日々を過ごす中で若返り、子供を産む牛までが出てくる。

「でも、これだけ多くの牛がいたら、糞で街が汚れて大変じゃないんですか」

裕子が聞いた。

「大丈夫。裸足の子供たちが走ってきて、すぐに拾っていくから。裕子さんも見たでしょ、道端で、子供たちが燃料を売っているのを」

牛の糞は、藁と混ぜ、乾かすと良質な燃料になる。貧しい人々はこの燃料を売って、生計を立てる。だから、牛の糞が放置されることなどあり得ないのだと、笑いながらアショカは教えてくれた。

「すごい。悠々牛って、人間の年金生活者みたい」

多くの動物が、食べることと、身を守ることに汲々としている中で、この悠々牛の存在は、仕事から解放され、自由を手に入れた退職者に似ていると山崎も思った。

目の前で寝そべる年老いた牛を見つめながら裕子が言った。

「でも、いつか死んでしまうんでしょ、この牛たち。死んだら、どうなるんですか？」

「きれいに、何もなくなってしまうんです」

年老いた牛は街はずれの静かな場所で最期の時を迎える。上空からハゲワシが命の尽きるのを待ちながら旋回している。

牛が死ぬと、最初にやってくるのは靴職人である。彼らは血を流すことなく、きれいに皮を剥いでゆく。靴職人が立ち去るのを待って、大きなハゲワシたちが舞い降りてくる。

地上でハゲワシたちの食事の様子を見守るのが、野良犬、野豚、鼠。強いものから順番にやってきて命の糧《かて》としていく。そして、最後は虫たちである。こうして悠々牛は真っ白い骨だけを残す。

骨を拾いに来るのは職人たちである。彼らは骨を加工して食器などを作る。最近ではアクセサリーに加工し、ヨーロッパ向けの貴重な輸出品にもなっているのだという。

「すごい話だわ」

「自由となった牛たちも、大きな命のサイクルの中で、しっかりと役割を果たして、そして消えていくのです」

アショカから話を聞いて以降、山崎たち夫婦の間で「悠々牛」という言葉が深い意味をもってしばしば使われるようになった。

インドに赴任して五年近くが経った。帰国を目前にした三月初旬、山崎のもとに裕子から一通のメールが届いた。

「石巻の母が体調を崩しました。しばらく実家に帰り、看病に専念します。四月にあなたが帰国するまでには戻ります。退職したら、二人で悠々牛として真剣にチャレンジできるものを見つけましょうね。悠々牛バンザイ。無事の帰国をおまちしています。裕子」

これが裕子からの最後のメールになった。

三月十一日、東日本大震災の津波に、母親と共にさらわれた裕子の遺体が見つかったのは、地震発生から一ヵ月近く経ってからだった。

ボレロのメロディーと共に人間の渦巻が近づいてくる。仮死状態から目覚めたジュリエットの手のひらが山崎の肩に添えられている。女性の指先の感触を体で感じるのは裕子が亡くなって以来初めてかもしれない。彼女の指が合図を送ってきた。近づいてきたボレロの渦に加わる時だ。ゆっくりと起き上がる。渦巻はすぐそこまで迫っている。

巡礼の渦だ。千六百人の渦巻は、まさしく巡礼の行進のようだ。

巡礼の列に加わり、大きな円を描きながら行進を続ける。「命のサイクル」という言葉が脳裏に浮かんだ。あの日亡くなった裕子は大きな命のサイクルの中に入っていったのかもしれない。何かが吹っ切れた。裕子が亡くなって以来忘れていた光が見えたような気がする。思えば、六年近くの間、下を向き続けていた。

裕子の最後のメールを思い出した。

「真剣にチャレンジできるものを見つけましょうね。悠々牛バンザイ」

悠々牛は、いつの日か無となる。自分に残された時間には限りがある。いつまでもシェークスピアの主人公のように下を向いて生きていくことには何の意味もない。一個の独立した悠々牛として、力いっぱい何かにチャレンジすることが裕子への供養だ。そう思った瞬間、思わず笑みがこぼれた。

ボレロの渦巻は、なおも中心に向かって弧を縮めていく。どんどんどん、どんどんどん。

四、仮死状態から目覚めるジュリエット役、優子さんの場合

「さあ、一息に、あなたのために」

岩田優子は天を仰ぎながら、右手で高々と薬瓶を掲げ、中の薬液を一気に飲み干した。天井から射すサスペンションの照明が青紫色の薄明かりの空間を作り上げる。

優子と同じように、何十人もの還暦を過ぎたジュリエットたちが、間隔を置きながら薬液を呷って倒れ、無言のまま床に横たわってゆく。

舞台はクライマックス・シーンに向かって動き始めた。

アリーナのスタンドは、はるか上方の四階席まで、八千人を超える観客で埋め尽くされている。千六百人の出演者の中の一人である優子は、目を閉じ、呼吸の動きを観客に覚《さと》られないよう、浅くゆっくりと息をしながらロミオの登場を待った。腹式の浅い呼吸は上半身の動きを完全に止めているはずだ。

うつ伏せに横たわるジュリエットと同じ数のロミオたちが、ゆっくりと近づいてくる。そして彼らは、それぞれのパートナーに寄り添いながら、ジュリエットの死を嘆き、毒薬を呷って絶望の叫びと共に、覆いかぶさるように倒れ込んでくる。

毒を呷って倒れてきたロミオが誰なのか、優子には直感でわかった。一週間前に行われた通し稽古の時、パートナーを組んだ人だ。遠慮気味に右の肩に触れる手のひらの感触が、記憶にはっきりと残っている。名前は山崎さん。

今、優子が演じているのは、ローレンス神父が調合した薬を飲んで、仮死状態のまま横たわっているジュリエットの役だ。彼女と同じように横たわっているジュリエットは六十人ほどいる。ロミオ役とは固定したパートナーになっていないので、同じ人との組み合わせになる確率は低い。ましてや本番で、通し稽古と同じパートナーとなるのは、きわめて稀な偶然だ。

優子が山崎の名前を知ったのは、一カ月ほど前のことだった。

ひと月前のその日、大稽古場はごった返していた。芝居の中に組み入れられたファッションショー・シーンの衣装合わせには、出演者それぞれが自分自身を主張する衣装を身にまとって集まってきていた。総勢百人はいるだろう。十一月だというのに、稽古場は人いきれでむんむんとしていた。

女性はほとんどが色とりどりの豪華なドレスに身を包んでいた。一人だけ、セーラー服を着て、髪を三つ編みにした七十代後半と思われる女性がいた。きっと、孫の制服を借りてきたのだろう。

男性は様々だった。純白のタキシードを着こなした男、メキシカンハットにポンチョを組み合わせ、ギターを抱えた男、和服の着流しスタイルの男は、大きな扇子でパタパタと顔を煽いでいる。

後ろにいた女性が、演出助手の真理さんに囁いた。

「これでいいの？　ファッションショーっていうより、仮装大会みたいだけど」

「面白いじゃないですか。予想通り。いいんですよ、これで」

真理さんは笑いながら答えていた。

まったく統一性のない様々な衣装を身に着けた男たちの中で、ひときわ異彩を放っていたのが、オペラ座の怪人のような真っ白い仮面をつけ、黒いマントを羽織った男だった。

演出のノゾエがその男のもとに走ってきた。

「その仮面、『スリープ・ノー・モア』の仮面じゃないですか？　僕も去年ニューヨークに見に行ってきたんですよ。同じ仮面を持っています」

優子は仮面の男の名札を見た。山崎と書いてあった。

『スリープ・ノー・モア』というのはニューヨークのオフ・ブロードウェイでロングラン上演されている評判の演劇である。この芝居は、廃屋となった六階建ての古いホテル全体を舞台にして演じられる前衛劇で、観客は全員ホテルのフロントで渡された仮面の着装を義務づけられる。全フロアで同時多発的に演じられるシーンを、仮面の観客が俳優を追いかけながら観ることになる。舞台と客席の境はない。俳優と観客を見分けるのは、仮面をつけているか否かであり、暗闇の中にいると、自分以外の観客は全員、仮面の俳優であるかのような錯覚に陥ると、優子は演劇雑誌で読んだことがある。

「オフ・ブロードウェイに行ってこられたんですか？」

思い切って男に声を掛けてみた。

「不思議な芝居でした。仮面をつけてあの暗闇の中にいると、自分が世界の中で完全に孤立しているんじゃないか、っていう感覚になってしまうんですよ」

仮面を外した山崎は優しい目をしていた。優子より少し年上だろうか。

「雑誌で読んだんですけど、私もいつか見に行きたいと思っているんです」

「一緒に行きますか」

「え？」

「ニューヨークのオフ・ブロードウェイ」

「冗談ばっかり、奥さんに怒られますよ」

「亡くなりました。ずいぶん前に。ニューヨークは冗談ですけど、いつでもお話ししますよ、あの芝居について。あ、私、山崎です」

「お聞きしたいです。是非。私、岩田と申します」

その日の稽古の後、彼に誘われて劇場内の喫茶店に入った。

すでに日はとっぷりと暮れていた。大きなガラス窓からは、行き交う車のライトだけが見える。

店には、優子たちのほかに客はいなかった。

「山崎さんは、どうしてこの公演に参加なさったんですか？」

優子が何気なく発した問いに、山崎は驚いたような表情を見せ、急にテーブルに目を落とした。何か考え込んでいるようだ。優子は次の言葉が見つけられなかった。それでも、得体のしれない重い空気を変えたいと、言葉を探した。

「まだ五時なのに、すっかり暗くなってきましたね……すみません、いいんですよ。無理しておっしゃらなくても」

「申しわけありません。初めてお会いした方にお話ししていいか、一瞬迷ってしまったものですから」

山崎は、穏やかな表情で語り始めた。

「亡くなった妻が、蜷川さんの芝居のファンだったものですから。妻は学生時代に演劇をやっていましてねえ、ゴールド・シアターで新しい団員募集があったら、応募したいと言っていたんですよ」

山崎はサラリーマン時代の大半を海外への単身赴任で過ごしてきたのだという。退職を月末に控えた五年前の三月、妻が東日本大震災の津波に攫《さら》われ、その生涯を閉じたのだと、彼は辛そうに語った。

「退職して、帰国したんですけれど、待っているはずの妻はもうこの世にはいなかったんです。余裕のある時間を手に入れたものの、新しいことを何も始められない日々が続きました。気がつけば、妻が亡くなってから五年の歳月が流れていました。そんな時、この公演の出演者募集を知ったんです」

彼には演劇の経験はまったくなかったが、この群集劇が蜷川幸雄の企画であることを知り、迷わずに応募したのだという。

「稽古に出るようになって初めて知ったんです。腹から思いきり声を出すっていうのは、こういうことだってね」

山崎は稽古に参加するようになって、一人で芝居を観に行くようになったのだという。そんな中で、オフ・ブロードウェイで上演されている『スリープ・ノー・モア』のことを知り、その芝居を観るために、わざわざニューヨークまで出かけたのだと話した。

「不思議なんですがね、あの暗い空間に入って仮面をつけながら周りを見回している時、仮面をつけている観客の中に、亡くなった妻がいるような気がしたんですよ。妻が、じっとこちらを見つめているような錯覚に陥りました。でも、俳優たちを追いかけて階段を駆け上り、次のシーンに移動した時に、突然、吹っ切れたんです。過去は過去、どんなに拘っていても、あの頃に戻れるわけじゃないってね」

山崎の話に耳を傾けているうちに、優子の目に涙が滲み出てきた。なぜ涙が出てくるんだろう。優子は山崎に覚られないよう、トイレに行く振りを装って席を外した。歩き始めると、今まで堪えていた涙が目から溢れ出した。

その後の一カ月間の稽古は、数十人ごとのパートに分かれてスケジュールが組まれていたため、稽古場で山崎に出会うことはなかった。

優子は二十代の頃、プロの女優を目指していた。大学二年の時、研究生として俳優座養成所に入った。研究生としての日々は刺激的だった。同期生全員が仲間であり、ライバルだった。皆、それぞれ個性的で、魅力的な何かを持っていた。そんな仲間たちと切磋琢磨しながら、優子は自身の演技力を磨いていった。研究生としての修了公演で、彼女は主役に抜擢された。同期生のレースに勝ったと思った。自分は誰よりも光り輝いていると感じていた。

その後、高い競争率を勝ち抜いて、準劇団員として残ることが、劇団から認められた。知らせを受けた翌日、大学に退学届を出した。この頃の彼女は、自分が正規の劇団員になることができると信じて疑わなかった。

田舎の父親は激怒して「役者になんかするために、お前を東京の大学に行かせたんじゃない」と言い放った。それ以来、実家と疎遠の状態が十年以上続いた。

両親と和解したのは、父親が胃がんで入院した時だった。幸いにも、早期に見つかったため、手術で完全にがん細胞を除去することができた。しかし、今となっては父親も母親も、もうこの世にはいない。

準劇団員となって、三年経っても五年経っても、なかなか正規の劇団員への昇格の兆しは見えなかった。本公演には出演していたものの、ほとんどセリフのない目立たない役ばかりだった。

劇団からは、ほんの僅かな小遣い程度のお金しか支給されなかったので、喫茶店のアルバイトを続けながらも、自分なりに真剣に芝居に打ち込んできたつもりだ。

二十六歳になって周りを見回した時、ハッと気づかされた。後輩の若い子の中に、自分より演技が上手く、魅力的な女優の卵がたくさんいる。「勝てない」と思った。

そんな時、優しくしてくれる人がいた。演出部に所属する人だった。優子は女優への道を諦め、その人と暮らし始めた。今思えば、彼は自分にとっての避難所だったのかもしれない。

平穏な日々は長くは続かなかった。一緒に暮らし始めて一年ほど経ったある日、その人が劇団の若い子と二人、楽しそうにスーパーマーケットで買い物をしているところを見てしまった。自分の前では決して見せることがなくなった、知り合った頃の彼の表情だった。

その日から二人の間では諍いが絶えなくなった。やがて諍いは暴力へとエスカレートしていった。そんな中で、優子は一つの季節の終わりを覚った。

一人暮らしを始めた優子は、結婚式場の司会の仕事に就いた。華やかな披露宴を進行させる司会業は、女優を目指して芝居に打ち込んできた彼女にとって、自らのアイデンティティーを確認できる最適な妥協点だった。

同業の誰にも負けないという決意のもと、鏡を見ながら最高の司会者になりきる演技を作り上げた。花束贈呈のシーンでは、新婦の父親の感情の高まりに同調するように、司会席で涙を流すこともあった。

滑舌《かつぜつ》よく、表情豊かに披露宴を進行させる優子の司会は、結婚式場の業界で評判となった。多い時には複数の式場を掛け持ちし、一日に三件の司会をこなす日もあった。会場はいずれも一流のホテルや式場ばかりだった。

決して主役にはなれないけれど、サブのスポットを浴びながら進めるこの仕事は、自分なりのプライドを満足させてくれる適職だと感じていた。生活も劇団に所属していた頃とは比べものにならないほど豊かになった。春や秋の結婚シーズンには、月収は百万円を超えていた。

劇団の男と暮らしていた頃、DVを経験していたためか、異性とのつき合いには一定の距離を保つようにしていた。時には男女の仲になることはあったが、決して心の中に踏み込まれないように注意していた。自分の感情をさらけ出すのではなく、その場に相応《ふさわ》しい女を演じることで、自身の安全域を守ることができると信じていた。

「最後まで、心の鎧を脱いでくれなかったよな。いつまでもそんなことしていると、君自身、疲れちまうぞ」

別れの時に男から言われた言葉だ。あの人は、本当にいい人だったと、別れてから思った。

気がつけば、一人の生活を始めてから十年以上の年月が経過していた。

四十歳になった頃、バブル経済が崩壊して地価が大きく下落した。高嶺の花だと思っていた都内のマンション価格も手の届く範囲に落ち着いてきた。新聞には「今が底値」という文字が氾濫している。

優子は無理をして、世田谷の千歳烏山《ちとせからすやま》駅近くに新しく建設された、高層マンションの2LDKの一室を買った。そして三千万円のローンを抱えた。この先も一人で生きていく決心の証だった。

天気の良い日には、十七階の部屋から朝日に輝く真っ白な富士山を望むことができた。司会の仕事は主に土・日に集中していたので、平日に原稿作成をしてしまえば、あとは自由だった。一日二時間、フィットネスクラブに通いながら、余裕のある生活を送ることができた。友人たちが、髪を振り乱して子育てに奮闘するのを横目で眺めながら、自分の選択は間違っていなかったのだと思っていた。

しかし、そんな日々は数年で崩されていった。

世田谷のマンションに移って四、五年経った頃だろうか、仕事の依頼が急激に減少してきた。当初は一時的なものだろうと気にしていなかった優子だったが、一ヵ月の依頼数が五件を割るに至って、さすがに不安になって所属事務所に相談に行った。

「岩田さんのMCとしての能力は我々も高く評価しています。ですから式場には積極的にあなたを推薦しているんですがねえ」

「それじゃ、なぜ」

「新郎新婦から、同世代の方に司会をお願いしたいという希望が多いんですよ。我々としても、なんともし難いところで」

優子は、すでに新郎新婦の母親に近い年齢に差し掛かっていた。冷静に考えれば、披露宴の司会を、自分の母親と同年配の司会者に頼みたい若者などいないはずだ。彼女はこの時、年齢の壁をはっきりと認識させられた。同時に、このままではマンションのローンを払い続けることができない、という現実を突きつけられた。

その日、司会業という仕事に区切りをつけた。優子は彼女を高く評価してくれていた結婚式場の支配人に相談に行った。彼は、正社員として採用し、コーディネーターの仕事を与えてくれた。安定した仕事に就いたとはいえ、収入は全盛期に比べて三分の一に減少していた。身の丈に合った生活に切り替えなければ破綻する。優子は世田谷のマンションを売り、さいたま市の中古マンションを購入した。

幸いにも両マンション売買の差額は、ローン残金を差し引いても二千万円ほどになった。差額は老後の資金に充てることにした。

あれから十五年、地道な生活を続け、ある程度の蓄えもできた。そして、今年の三月半ば、還暦を迎えたのを機に、会社の制度に従って退職し、結婚式の多い土・日だけ出勤する契約社員となった。

平日の五日間、ゆったりとした時間を過ごせるのは、フリーの司会者をしていた頃以来だった。世田谷に住んでいた頃は、平日の自由時間を有効に過ごしていた。週末に予定されている四、五件の結婚式の司会の流れを頭に入れ、余った時間はフィットネスクラブに行ったり、買い物をしたりして過ごしていた。フリーな時間が長すぎると感じたことは一度もなかった。

退職した直後の時間の流れは、二十数年前のあの頃とは違っていた。優子はあり余る時間をどう過ごしていいのか戸惑ってしまった。それでも、二週間ほど過ぎ、桜の季節を迎える頃には、毎日見るテレビ番組も決まり、本を読む時間もコンスタントに確保して、何とか自分自身のペースができ上がってきた。しかし、空白の時間を塗りつぶすために、意味のない時間潰しをしているような気がしないでもなかった。

あれは抜けるような青空の昼下がりだった。

突然、風が吹いてきた。そうだ、風に舞う桜を見に行こう。

満開の桜より、散り際の桜が好きだ。三分咲き、五分咲き、満開へと日ごとに着実な歩みを進めてきたソメイヨシノは、満開を過ぎたある時、風と共に一瞬で散ってしまう。風に舞う桜花が最も美しい。だが、花びらを失った直後の桜の木は惨めだ。小枝に紅色の名残だけが残り続ける。散り際の、いちばん美しい桜を見に行こう。

出かける前に鏡の前で、花に合わせて薄紅色の口紅を引いてみた。鏡の中の優子は、口紅をつける前と少しも変化したように見えない。鏡に顔を近づけてみた。唇がカサカサしている。ピンクのリップグロスを口紅の上に塗ってみた。しっとりと濡れたような唇が蘇ってきた。

「まだ大丈夫」

自分自身にそう言葉を投げかけてみると、鏡の中の女が頷いた。

優子は、大型の一眼レフを抱えて、自宅マンションを出た。

案の定、公園は花吹雪の中にあった。強い風が吹く度に何万枚もの花びらが宙に舞っている。不規則な風の流れを、乱舞する花びらが教えてくれる。周りを見回してみた。週末には家族連れでにぎわっていた公園も、平日のこの時間には、何人かのお年寄りがベンチに腰を掛けているだけだ。人の声は聞こえない。耳に入ってくるのは、近くの道路を走り去る車の音だけだ。

風がおさまって、乱舞していた花びらが地上にいくつかの小さな吹き溜まりを作り始めた頃、遅れてひらひらと落ちてくる花びらがある。風が吹いている間、必死に萼《がく》につかまっていたのに、力尽きたのだろうか。優子は、カメラを望遠にセットして、落ちてくる花びらを連写した。

彼女が大型の一眼レフを手にするようになったのは、写真を撮るのが趣味だったからではない。彼女にとって、カメラは役に立つ小道具なのだ。

十五、六年前のことだろうか、優子は一人旅に出た。
奥蓼科の小さな旅館に泊まった時、部屋に案内してくれた女将がなかなか部屋から出ていってくれない。

「お一人でこんな山奥の一軒宿に来られる方は、滅多にいらっしゃらないんですよ」

柔らかい言い回しではあるが、女将は一人でこの旅館に泊まる理由を繰り返し質問してきた。カラマツ林の芽吹きの色を感じたい、などという曖昧な理由は通用しなかった。

その時、気づかされた。女将は自殺されるのを警戒している、と。

確かにあの頃の自分は、そう思わせる表情をしていたのかもしれない。四十代半ばになって、一人で生きてゆく決心をしながらも、自分自身に自信を失っていた時代だった。もしかすれば、他人から見たら、生きる希望を失っているかのような表情をしていたのかもしれない。いや、自分の表情が特別なものでなかったとしても、具体的な目的を持たずに、四十代の女が山奥の一軒宿に一人で泊まること自体が、他人から見れば奇異に映ったのだろう。

その頃読んだ雑誌のコラムの中に、「プロ仕様のカメラが新しい自分を作る」という一節があったのを思い出した。人は、何かを手にすることで、手にしたものを持つべき人になる、という主旨の文章だった。部長の名刺を持つと、部長らしくなるというような意味で、読んだ時にはあまり納得できなかったが、そこに書かれていた、「小道具としてのカメラ」を試してみようと思った。翌週、新宿まで出かけ、マニア向けの一眼レフと三脚を買った。カメラバッグは本格的なものを選んだ。四十万円の出費は痛手だったけれど、これで一人旅の障害を消すことができれば安いものだ。

次の休日、試しに奥日光の一軒宿に泊まってみた。六月の平日、宿にはほかの宿泊客はいなかった。

「旅行誌の取材ですか?」

部屋に案内してくれた仲居さんはカメラバッグを見ながら言った。小道具の効果は予想以上だった。

「いえいえ、私はアマチュアなんですけど、初夏の草花を撮りたいと思いまして」

仲居さんは、どこにどんな花が咲いているとか、何時頃が綺麗に見えるとか、具体的に話をしてくれた。彼女の中の優子は「孤独な一人旅の四十代の女」ではなく、「撮影に来たアマチュア写真家」という、具体性を持った存在となっていた。

カメラを三脚にセットさえしておけば、西伊豆の数十メートルの断崖の上から、海に沈む夕日を眺めていても、誰も不審そうな視線を送ってくることはなかった。カメラという小道具が、一人佇む優子の存在に説得力を与えてくれたと感じた。

あの時以来、優子は一人旅の時、あるいは公園でぼんやりとする時、必ずカメラを持参し、アマチュア写真家を演じ続けている。演じ続けることで、自分が何者かである、という市民権が得られるように感じていた。


突然の強い横風に頭上の枝が揺れた。風に剝ぎ取られた薄紅色の花びらが吹き上がった。空を見上げると、灰色の低い雲が勢いよくこちらに向かってくる。天候が急変するかもしれない。

優子は自宅に戻ろうと急ぎ足で歩き始めた。彩の国さいたま芸術劇場のあたりまで来た時、案の定、大粒の雨が降り始めた。彼女は仕方なく劇場の建物の中で雨宿りすることにした。ここは演出家の蜷川幸雄が芸術監督を務めている劇場だ。吉田鋼太郎や藤原竜也など、多くの個性的な俳優たちが、蜷川にその才能を見出され、ここから大きくステップアップしていった。

建物の中には大小いくつかの劇場や稽古場があり、エントランスホールはオープンスペースとなっている。優子の住むマンションからすぐ近くにある劇場だが、彼女は過去の思い出したくない日々が蘇ってくるような気がして、この劇場に入るのを避けてきた。

雨は止みそうにない。幸い、ホール奥にある喫茶店が営業しているようだ。コーヒーでも飲もうと歩き出した時、一枚のポスター写真が目に飛び込んできた。こちらに向かって何かを呼びかけている蜷川の横顔だ。

「前代未聞の大群集劇『1万人のゴールド・シアター』出演者募集　企画・演出　蜷川幸雄」と書かれている。

ポスターの近くに置かれていたパンフレットを手に取ってみた。そこには、「公演日　二〇一六年十二月七日、さいたまスーパーアリーナ、六十歳以上の出演者募集」と印刷されている。

パンフレットを手に喫茶店に入ると、店内の客は一組だけだった。黒いシャツを着た劇場のスタッフらしい三人組の若者が、舞台の平面図らしい大きな紙を広げながら打ち合わせをしている。

コーヒーとアップルパイを注文した。

手にしたパンフレットに何気なく視線を落としていると、若者たちの話し声が耳に入ってきた。照明担当のスタッフのようだ。

「バック・サス」「シーリング」「ホリゾント」「ピン・スポ」、皆、久しぶりに聞くライティングの専門用語だ。

窓に目を遣ると、吹きつける大粒の雨がガラスを伝って流れ落ちている。濡れた窓ガラスを通して見る風景は、まるで現実に存在していないかのように、ぼんやりと曖昧に見える。

急に懐かしさが蘇ってきた。最後に劇場の眩しいライトを浴びたのは何年前だろう。三十年以上は経っているはずだ。あの頃は女優として認められること、そして、女優として勝ち残ることが優子のすべてだった。

彼女はもう一度、出演者募集のパンフレットに視線を戻した。おそらく、この公演に応募するのは、まったく演劇の経験のない人たちか、経験があるとしても、せいぜい高校演劇くらいだろう。自分が参加したとすれば、何人の参加者がいようと、演技に関しては誰にも負けるはずがない。プロの女優だったんだもの。きっと、それなりに目立つ配役が与えられるはずだ。

「もう一度、眩しいピン・スポットを浴びてみたい」

この日、優子は「1万人のゴールド・シアター」への参加を決めた。

稽古が始まって二カ月目、九月の暑い日だった。千六百人の出演者の中から、個別セリフのある配役を決定するオーディションが行われた。会場には、三百人を超える人たちが呼ばれていた。一人ずつ、演出のノゾエから指示された一、二行のセリフを発する。

中には演劇経験者らしいセリフ回しをする人も何人かいたが、ほとんどは素人感丸出しの朗読だ。まるで老人たちの学芸会じゃないの。

やがて自分の順番がやってきた。

「次、千二十六番、岩田優子さん。二十八ページ二行目のジュリエットのセリフお願いします。

『ああ、奥で呼んでるわ』から、はい、どうぞ」

優子の演技の後、稽古場にどよめきが起こった。他の候補者とは別レベルのセリフ回しだったはずだ。これで、間違いなく目立つ役が回ってくる。短い時間かもしれないけれど、俳優座にいた頃と同じようにピン・スポットを浴びることができる。

オーディションのあと、優子の名札を確認しながら何人かが声を掛けてきた。

廊下に出ると、人懐こそうな同年輩の女が近づいてきた。

「すごーい、岩田さん、お上手ですねえ、私の名前も岩田さんと同じユウコっていうんですけど、私なんかとは比べものにならないわ。本格的に演劇やってらしたんですね」

「ええ、若い時に少し」

悪い気はしなかった。「あなたたちとは違うの」そう言ってやりたいと思った。

二週間後に、個別セリフの配役が発表になった。郵送されてきたプリントの中に自分の番号が見つけられない。優子は老眼鏡をかけて、何回も何回も配布プリントを見直した。ない。

「なぜ？　どうしたっていうの」

思わず一人ごちた。

テレビが掛かっているはずなのに、突然すべての音が消えた。目の前が真っ暗になってゆく。優子の中のプライドが音を立てて崩れ始めた。俳優座で芝居に打ち込んでいた日々、司会のプロとして滑舌に磨きをかけてきた十年以上の歳月、すべての過去が否定されてしまったのか。

どれくらいの時間が経ったのだろう、ワイドショーのコメンテーターがトランプ大統領候補の差別的な発言について熱っぽく語る声が耳に入ってきた。

「何かの間違いだわ」

郵送されてきた結果を素直に認めるわけにはいかなかった。優子は翌日の稽古の後、今回の配役決定のプロセスについて、演出部に問い質してみることにした。

「オーディションでの岩田さんの演技は素晴らしかったです。ですから、演出部のスタッフ全員で激しい議論になりました」

演出助手の真理さんは、まるで今日、優子が面会に来るのを予期していたかのように冷静に応対を始めた。

「岩田さんが来られたら、僕が話をするからと、演出のノゾエさんが言っていましたから呼んできますね」

しばらくすると、ノゾエが奥から走ってきた。

「いやー、岩田さん、やっぱり来られましたか。僕は貴女が絶対話を聞きにくると思っていましたよ」

完全に機先を制せられてしまった。優子が昨日から抱いてきた想いをすべて見透かされているように感じた。それでも気を取り直して、精一杯の冷静さを保ちながら疑問をぶつけた。

「あのー、クレームをつけに来たわけじゃないんです。ただ、どういう基準で配役を決められたのか、それが知りたくて……私の演技、駄目だったんでしょうか」

「そんなことありません。あなたのセリフ回しは何百人かいらした中でいちばんお上手でした。相当な演劇経験を感じさせる納得の演技だったと思います」

「それじゃ、なぜ」

ノゾエは真っ直ぐな視線を向けてきた。その目は、とても二十歳年下とは思われないほど暖かく力強いものだった。

「正直に言いますが、あなたの演技についてはスタッフの間で真剣な議論になりました。それは、岩田さんの演技がプロの演技だったからです。一般的な選考であれば、今回のメンバーの中では間違いなくあなたがいちばん先に選ばれていたと思います。でも、選考会が始まる時にスタッフから話があったと思いますが、今回のお芝居は別の基準で配役を決めさせてもらいました」

確かに、オーディションが始まる前に説明があった。セリフ回しが上手い下手という基準ではなく、プロの俳優が表現できないところ、なまりや癖も含めて演じる人間が持つ素っ裸の個性や人生経験がにじみ出ることが、この作品の魅力なのだと。そんな話があったことは憶えているが、話を聞いた時には一般的な前置きだと思っていた。

「だから企画の趣旨に関わることなので、お一人お一人の演技をビデオで見返しながら、スタッフ皆で慎重にキャスティングさせてもらいました。ですから、あえて上手な方を選ばなかった。そのいちばんの例が岩田さんです」

「なんとなくわかるような気もしますが……」

「例えば、八十年の人生経験を積んでこられた方が、長い間に築き上げた個性を見せながら十代のジュリエットを演じる。そこには素っ裸でリアルな八十代の方が存在しているわけです。一般的な演劇とは違うリアリティーがそこには生まれてくるはずです。蜷川さんがこの企画に求めたのは、演じる方の人生が見えるような、そういうリアリティーだと思うんですよ。これはプロの俳優には表現できないことです」

「つまり、私の演技からは私の実像が見えないということですか」

「岩田さんは演劇経験者だからわかると思いますが、いわゆる新劇では六十歳の女優が十代のジュリエットを演じる場合、観客は十代のジュリエットとして舞台上の女優を見るわけです。決して六十歳のジュリエットを見ないという暗黙の了解がある」

「私の演技には、演じている私自身の年齢がない、という意味でしょうか」

「年齢を感じさせない。ネクスト・シアターの若い役者さんが演じるのと変わらない瑞々《みずみず》しいジュリエットでした」

「褒められているんでしょうか」

「そうですよ。だから、オーディション会場でどよめきが起こった。素晴らしい演技でした。でも、僕はあえて今回の企画の趣旨を尊重させてもらいました。正直に言います。あなたのような方には、ごめんなさい、という気持ちでいっぱいです」

若い演出家の言っていたことは、頭では理解できるが、心から納得することはできなかった。

帰り道、赤ワインを一本買った。

自宅に戻った優子はワインを飲みながら、今日、演出家が言っていたことを思い出してみた。

「素っ裸でリアルな八十代の女?」

「私の演技からは、リアルな私の実像が見えない?」

ボトルのワインが半分ほどになった頃、ふと目を遣ると、棚の上には異様に大きな一眼レフがある。確かに、このカメラは、リアルな自分を隠すための小道具だ。そういえば、若い頃からずっと、素の自分を見せないように生きてきたのかもしれない。それが正しいと信じてきた。

二十代の頃から、素っ裸の自分を見せることは、競争に負けることを意味しているような気がしていた。今、還暦を過ぎた私は、誰と競争をしているんだろう。競争相手など、どこにもいない。

突然、昔つきあっていた男が、別れの時に言い残した言葉が蘇ってきた。

「心の鎧……」

パズルが解けたような気がした。

バルコニーに出て空を見上げた。月の出ていない空には、満天の星がちりばめられていた。こんな風に星を眺めたのは何年ぶりだろう。

優子は、昨日から持ち続けていたわだかまりが、きれいに洗い流されてゆくのを感じた。そして、勝ち負けという自分のプライドだけに拘っていたことを、心の底から恥ずかしいと思った。


ローレンス神父のセリフをきっかけにジュリエットは目覚める。優子はゆっくりと起き上がり、自分に寄り添いながら倒れているロミオの姿に驚き、そして慈しむ。心が体を離れてゆく。

セリフのないパートだったが、優子は自分の演技に集中し、役に成りきっていた。ロミオを慈しみながら止めどなく涙が流れ落ちる。こんな経験は初めてだ。中空を見上げた。この空間の中には一万人の人間がいるはずなのに、空気の動きがない。静まりかえり、ピンと張りつめた空気に満たされている。

横たわるロミオは、呼吸を止めているかのように微動だにしない。

低い音でボレロのメロディーが流れ始めた。その音は徐々に大きくなって、会場全体を包み込んでゆく。

優子の流す涙が一滴、ロミオの手の甲に落ちた。ロミオはピクリともしない。彼も一心に自害したロミオを演じている。

青白いサスペンションの照明が、中央部にいる六十組のロミオとジュリエットだけを照らしている。周囲の暗闇から何本もの葬列が現れる。千数百人による幾重もの葬列の行進が、巨大な渦巻を作り上げる。三拍子のボレロのリズムと共に、渦巻は中央部に向かって近づいてくる。巡礼者の渦のようだ。

優子はロミオの肩に手を置きながら宙に目を遣り、数カ月前のノゾエとの会話を思い出していた。

六十歳の素の自分。六十年間、素の自分を見せないように、片意地を張って生きてきたのかもしれない。今なら自分をさらけ出せそうな気がする。あの時、若い演出家が言っていた本当の意味がこの瞬間にわかったような気がした。

優子が演ずるジュリエットは大きく天を仰ぎ、自らの命を絶った。

大きな渦巻を作り出す足音がなおも近づいてくる。どんどん、どんどんどん。巡礼者たちが迫ってくる。渦巻の弧が五、六歩のところまで近づいてきた。ロミオ役の山崎に合図を送り、二人で巡礼の渦の中に入った。渦巻は極限まで弧を縮め、ラストシーンを迎える。

中央に一人残った女性を強烈な光が照らす。彼女は高々とナイフを掲げ、自らの胸に突き刺す。その瞬間、すべての音が消え、光が消えた。舞台上のすべての動きが止まった。会場全体の空気が張りつめている。

静寂の中で、八十代の女性がマイクを手にした。

「私の夢はこの公演を成し遂げることでした。ですので、今夜はもぬけの殻になりそうです」

個性の強いセリフ回しは、決して上手くはないかもしれないけれど、長く生きてきた人間特有の強い説得力がある。

「でも大丈夫。夢はたくさんあります」

間違いなく、この人が発する声の奥には、八十年以上生きてきた、この人の素の人生がある。演技でありながら、演じている裸の人間が間違いなく見える。優子は、これからの二十年間あるいは三十年間の生き方について、ヒントを貰ったような気がした。

「お恥ずかしながら、恋をしました。天国の夫には申しわけない気もしますが、天国にいられたんじゃあどうしようもありませんもの」

三味線の大音響と共に、こまどり姉妹の「恋に拍手を」の底抜けに明るい歌が流れ始めた。フィナーレだ。

三味線の音をきっかけに、出演者全員が高齢者パワーを爆発させ、大声で歌いながら踊り始める。皆、それぞれ勝手な方向に入り乱れて動き出したため、誰がどこにいるのか、さっぱりわからない。優子も、思いきり大きな振りを付けながら踊りだした。見ず知らずの参加者たちとハイタッチしながら会場狭しと踊り狂う。優子は、長い間、自分を縛っていた何かから解放されてゆくように感じていた。周りの人たちも皆、満足げな表情をしている。

突然、とんとんと、後ろから肩を叩かれた。振り向くと、山崎だった。

彼は大音響の中で何か話しかけようとしている。

「聞こえませーん」

山崎は手振りを交えながら、大声で話しかけてくる。

「終わったら、終わったらですねえ、A出口のところで待っていますす」

「はあ?」

彼は優子の耳元に顔を寄せてきた。

「一カ月前、劇場の喫茶店で私のことばかり話してしまって、あなたの話をまったく聞いていませんでした。あなたのことを聞かせてください」

「は、はい。喜んで」

優子は、大声で、明るくはっきりと返事を返した自分自身に驚いていた。

五、観客席から眼下の巨大な舞台を見つめる横山さんの場合

「なんなんだ、このエネルギーは」

ボレロのメロディーにのせて、中央に向かって渦を巻く巨大な人の塊《かたまり》。人々が作り出す、何十本もの列がやがて弧となり、幾重にも幾重にも巻かれた長い弧がその半径を瞬《また》く間に縮めてゆく。そして中央のベッドを包み込む巨大な円柱を形成してピタリと止まった。静寂、そして爆発。今、舞台上では千六百人もの出演者が思い思いに叫びながら踊り狂っている。

このパワーは人の数によるものだろうか。いや、そうではない。一人一人の強力なエネルギー

が相乗しているのだ。絡み合ったエネルギーが容赦なく感性を刺激する。

ここに来るまでは、老人たちによる自己満足の学芸会だと決めつけていた。確かに、老人たちの演技そのものはけっして上手いとは言えない。しかし、演技と同時に、演技する裸の人間が表現されていた。一人一人の演技者が歩んできた人生を、横山自身の経験を絡めながらイメージすることができる。これこそが、演出家が求めたリアリズムの形なのかもしれない。

横山は、自身の脳が軽やかに働き始めるのを感じていた。十代、二十代の頃と同じ感覚だ。そうだ、あの頃は小説家になる夢を抱いていた。自分のもっている感覚は、他の誰とも違う、という自信があった。感じる、ということを大切にしなくなって、いったいどれくらいの時が流れたのだろう。

もしかすると、会社に入ってから、本当の自分を置き忘れたまま生きてきたのかもしれない。入社以来、常に肩書と共に過ごしてきたような気がする。営業部の横山さん、横山係長、横山課長、横山部長、そして最後は横山部長補佐。役職に合致した自分を演じ続けることで自身のアイデンティティーを確認しながら生きてきたのかもしれない。素っ裸の自分自身はどこに行ったのだろう。

横山はしばらく客席に座ったまま人の流れを眺めていた。

小説家になることを夢見ていた頃、駅のベンチに腰掛けている一人の男を見ているだけで、いろいろな想像が浮かんできた。その朝の妻との会話。会社でのミスを上司に咎められている姿。

想いを寄せる女性。もしかしたら不倫関係を清算できなくて悩んでいるのかもしれない。

群衆の中の一人に焦点を当ててみると、必ず自分一人だけの特別な物語を抱えているはずだ。

舞台上ではフィナーレも終わり、解散式が始まった。

「いやー、なかなかすごいもんやねえ」

突然、隣に座っていた男が声を掛けてきた。

「平均年齢が七十代の集団とは思われへんなあ。おたくも渡辺から誘われて見に来はったんですか？」

「はい。招待券を送ってもらいまして」

「やっぱりねえ。並び席は十席くらい彼の仲間や言うとりましたからねえ。渡辺は我々とバンドやりながら、この芝居の稽古も休まずに参加して、よう体が持ちますよ」

「バンドと言いますと、高円寺のジャズクラブで演奏なさってるという話を、渡辺さんから聞きました」

「お聞きになっておられますか。私、そこでクラリネット吹いとります」

「ということは、先日一緒に飲んだ時に聞きましたけれど、トランペットから転向なさったというのはあなたですか」

「ペットはちょっと、しんどくなりましてなあ」

横山は、初対面ではあるが、この男に突っ込んだ話を聞きたいと思った。

「七十歳近くなってプロのミュージシャンを目指していると伺ったんですけれど、なぜそんな大変な挑戦をされているんですか」

クラリネットの男は一瞬沈黙した後、ゆっくりと語り始めた。

「昔、置き去りにしてきた夢やろな」

「置き去りにしてきた夢？」

「燃え尽きとらんのですわ。燃え尽きる前に諦めて置いてきたんですわ。わしはな、大学だけは東京やったんやけど、それ以外はずっと関西にいたんですわ。退職して東大阪の家でぶらぶらしとったらな、電話が掛かってきたんですわ、あいつから」

「あいつって、渡辺さんですか」

「そうや。もう一回、打って出ないか、ゆうてきてな。わしら、学生の時はええとこまで行っとったんや。新宿ピットインの午前の部に毎週出演しとってな。これがわしらの第一ラウンドや。けどな、プロになる根性なかったんやな」

「それで再挑戦ですか」

「電話掛かってきた時には、何アホなこと言っとんのやゆうたんですけどな、次の日には東京の安アパート、ネットで探しとったんですわ」

当時、彼らは安定した生活を選択し、就職した。音楽は趣味として位置づけてきたのだという。これが彼らにとっての第二ラウンドなのだという。リタイア後、渡辺からの一本の電話が発火点となって、プロへの夢を追いかけ、第三ラウンドを戦うためにメンバー全員が揃ったのだと、クラリネットの男は話してくれた。

「しかし、ご家族は賛成してくれたんですか」

「女房は大喜びでしたわ。亭主元気で留守がええ、ゆうてな……なんちゅうかな、女房も知っとったんですわ。わしが夢を追いかけたがっとるのを。ええ女房や」

彼らは、ジャズクラブの夜の部への挑戦を続けながら、老人ホームのコンサートもボランティアで始めたという。

「若い頃とはな、違う柔らかい音が出せるようになったんですわ。少なくとも、年寄りには受け入れられる。ええのか、悪いのか、微妙なとこやけど」

年齢を重ねることによる体力の衰えは、若い頃とは違う新しい感覚を生み出すのかもしれないと彼は言った。

「結果はどうなるかわからんけど、燃え尽きるまでやってみたい思うとります」

彼は、どこかでまた会おう、と言い残し、出口に向かった。

舞台では、演出家と出演者たちとのやり取りが始まった。演出家はこの公演を企画した蜷川幸雄の話をしている。

横山は晩年の蜷川が尋常でないほど多くの舞台を演出していた、という記事を新聞で読んだことがある。彼は、残された時間が短いことを意識して、自分の中にあるすべてを出し尽くそうとしたのだろう。そんな彼が企画し、自らは演出できなかった最後の仕事がこの前代未聞の大群集劇だ。

彼がこの公演に求めたものはいったい何だったんだろう。素の人間の持つリアリティー？　いつまでも夢を持ち続ける姿？　チャレンジし続ける高齢者のエネルギー？

大勢の先輩たちが真剣に芝居に向き合う姿に接して、横山は自分自身の右脳が働き始めたのを感じた。そして、昔、物書きになる夢を持っていたことを思い出した。

久しぶりに筆を執ってみよう。今なら書けそうな気がする。出演者一人一人の特別な人生を想像してみよう。

クライマックスで、仮死状態から目覚めた大勢のジュリエットの中に、際立った演技をしている女性がいた。抑えめな動きだったが、その演技からは、慈しみと絶望感が伝わってきた。彼女の演技を見ながら、あの時、横山は学生演劇で主役を演じていた亡き妻、夕子の姿を重ね合わせていた。

青いライトに照らされ、彼女の目から零れ落ちる涙が確かに光っていた。数十人の中の一人だったはずなのに、あの人はなぜあのような迫真の演技ができたんだろう。

もう一人、涙を流していた女性がいた。純白のウエディングドレスを着た女性だ。あの人は中央で待つロミオに近づいた時、突然大粒の涙を流し始めた。なぜだろう。

あの人たちの背景には、きっと特別なドラマがあるはずだ。彼女たちの名前を「ユウコ」と、置いてみよう。名前をつけるだけで、彼女たちは自分の人生を語りかけてくれるかもしれない。「ユウコ」たちが語る人間ドラマを文字に落としてゆくのが、正しく小説を書くということだ。もしかすれば、書くことは、亡き妻・夕子との共同作業になるのかもしれない。

書くことが自分自身の欲求であるなら、まず、最初の一歩を踏み出すことが大きな意味をもつ。まだまだ、自分には時間がある。

クラリネットの男が語っていた「置き去りにしてきた夢」という言葉を思い出した。今日、ここに来なければ、夢を置き去りにしたまま、この先何十年かを一人で生きてゆくことになったのだろう。いや、若い頃抱いていた夢を、置き去りにしていることにすら気づかなかったのかもしれない。

今日、この場所で、横山は確かに自分自身の第三ラウンド開始のゴングを聞いた。人生の第三ラウンド、正にゴールドの季節が、今、幕を開けようとしている。

「ユウコ」と名付けた主人公たちの、それぞれの人生に想いを巡らせながら、ゆっくりと出口に向かって歩き始めた。目の前のA出口付近には、芝居の出演者たちが、会場から出てくる仲間を待っている。皆、表情を輝かせていた。

〈引用〉「金色交響曲〜わたしのゆめ、きみのゆめ〜」1万人のゴールド・シアター上演用台本　二〇一六年

作　ノゾエ征爾

［初出］

「サイゴン陥落の日に」：『こころ』Vol.28　二〇一五年十二月刊

「西北の地から」：『秋田魁新報』二〇一六年十一月四日〜十九日連載

「水辺の周回路」：『江古田文学』93号　二〇一六年十二月刊

「ゴールドの季節」：『文芸埼玉』99号　二〇一八年六月刊

中山夏樹（なかやま なつき）
一九五二年、長野県諏訪市生まれ。青山学院大学卒業。大手外資系製薬会社役員。二〇一三年に退職後、戯曲セミナー、小説講座に参加しながら執筆活動を開始した。二〇一五年「サイゴン陥落の日に」で第二回晩成文学賞、翌一六年「西北の地から」で第三十三回さきがけ文学賞、また一八年「ゴールドの季節」で第四十九回埼玉文芸賞準賞受賞。他に「最後の客」「ピランデルロ」「四十九年の後」「サラバ・サラエボ」などの作品がある。日本劇作家協会会員。本書が初の単行本となる。

サイゴン陥落《かんらく》の日《ひ》に
二〇一八年十月三日　初版第一刷発行

著　者　中山夏樹
装　丁　佐藤温志
発行者　下中美都
発行所　株式会社平凡社
〒一〇一－〇〇五一　東京都千代田区神田神保町三－二九
電話〇三－三二三〇－六五八三〔編集〕
〇三－三二三〇－六五七三〔営業〕
振替〇〇一八〇－〇－二九六三九
印刷・製本　中央精版印刷株式会社
DTP　平凡社制作

ISBN978-4-582-83787-2
NDC分類番号913.6　四六判（19.4cm）　総ページ232
平凡社ホームページ　http://www.heibonsha.co.jp/